シモン・ド・ベルジュの失われた時を求めて

篠原美季

white heart

講談社X文庫

目次

イラストレーション／かわい千草《ちぐさ》

カタツムリの軌跡

序章

漆黒の闇《やみ》が、あたりを包み込んでいる。

「風が……」

暗がりで蠟燭《ろうそく》に火をともそうとしていた青年が、カチ、カチッとライターの着火装置を動かしていた手を止め、天を仰いだ。頭からすっぽりかぶった黒いフードがその煽《あお》りを食らってずれ落ちる。

「嫌な風が吹いているな……」

四月にしては、少し生暖かな風である。

フード付きの黒いマント。

物語に出てくる魔法使いのような恰好《かっこう》をした青年は、実際、魔法使いになったつもりでいるのだろう。足元には、さまざまな記号の書き込まれた大きな魔法円が描かれ、その中にかがみ込んだ彼の前にはナイフやゴブレットなどが並ぶ。

蠟燭に火がともると、彼は立ちあがって本に書かれた呪文《じゅもん》をたどたどしく読みあげる。

「来たれ、魔界の者よ。

我がもとに馳《は》せ参《さん》じ、願いを叶《かな》えよ」

古式ゆかしい召喚魔術。

しかも、呼び込もうとしているのは死者の霊ではなく悪魔である。

こんなことをしたところで、本当に悪魔などやってくるのか。真実のほどはわからなかったが、彼は本気だ。

本気で、悪魔を呼ぼうとしている。

「ここに来たりて、我が望みを叶えよ。

バズビ　バザーブ　ラックレク　キャリオース　オゼベッドナチャック　オン　アエモエホウ　エホウ　エーホーウ」

と——。

ふいに蠟燭の火が大きく揺らぎ、近くの木の枝がパキッと折れた。

その音に驚いた青年が、とっさに呪文を唱えるのを止《や》めて、警戒するようにあたりを見まわす。

「……なんの音だ?」

それに応《こた》えるように、暗がりから声がした。

――吾《われ》、呼び声に応えてここに来たれり。そなたの望みは？


それはまさに、地獄の底から響いてきたかのような禍々《まがまが》しい声で、聞いただけで恐怖のどん底に突き落とされる。あまりの恐ろしさに「ひいいっ」と声をあげた青年が、尻餅《しりもち》をつき、そのままずるずると後ずさりする。

そんな彼の目の前に、それがいた。

はっきりと姿形があるわけではない。

ただ、暗がりの一ヵ所がブラックホールのようにすべての光を吸収し、闇がぎゅっと凝《こご》って見えている。

その奥でぎょろりとした目が、赤く光って彼のことを凝視していた。

「や、助けて、神様――」

自分で呼び出しておきながら、いざ悪魔が出現したとたん、神に助けを求める青年。

なんとも矛盾しているし、なおかつ愚かである。なにせ、ここには彼を守る十字架もなければ、聖書もない。唯一、彼を守ってくれるはずの魔法円は、今、彼の尻にかき消されて、その役割を放棄しようとしていた。

悪魔が、暗がりで嗤《わら》う。

――ほう。それがそなたの望みか
――助かりたい、と？
――だが、神の手は届くのか？
――いたずらに、吾を呼んだお前のところに？
――もし届いたとしても、その前に、お前の尻と手が吾を呼び込む

宣言された時には、悪魔の言葉どおり、彼自身の手や尻で消されてしまった魔法円の欠落部分を通じて、危険が彼の背後に迫っていた。

なにかが、彼の背後にいる。

「ひいいい」

強烈な獣臭と冷たい息吹に触れ、青年は失神寸前だ。――いや、いっそのこと、気を失ってしまえたら、どれほど楽であったか。

けれど、それは許されず、その耳に毒を流し込むように悪魔の声が注がれる。

――わかるか？　そなたを生かすも殺すも、吾の自由
――だがまあ、幸運にも、吾にはこちらで探したいものがあるのでな。そなたの拙《つたな》い呼び出しにもこうして応じてやったというわけだ

——ゆえに、すぐには殺さず、それが見つかるまで、そなたを憑代《よりしろ》として使わせてもらおうか

宣言しつつ、ガクガク震えている青年を見おろし、姿形のはっきりしない悪魔が憐《あわ》れむように告げた。

——もっとも、あえて吾が殺したりせずとも、魔を宿した身体《からだ》がどこまで持つか、それが問題だが

第一章　ベルジュ家の地下倉庫

1

フランス北西部。

ロワール河流域に建つベルジュ家の城では、滞在先のロンドンから戻ってきている長男のシモンを囲み、久々に家族が一堂に会しての朝食を取っていた。

天井の高い部屋。

テラスに続く大きな窓。

陽《ひ》の差し込む食卓には銀のカトラリーや食器が並べられ、まるでホテルの朝食を思わせる。

使用人が差し出したパンの籠《かご》から焼きたてのクロワッサンを取ったシモンが、「そういえば」と切り出す。

「少し先の話ですが、大英図書館で『魔術』をテーマにした企画展をやることになったそうで、知り合いを通じて館長のほうから、うちにある燭台《しょくだい》やゴブレット、それに聖書や時禱書《じとうしょ》を何点か展示させてもらえないかと打診がありました。──雰囲気作りのためというこことでしたが、どこで調べたのか、魔術的な意匠の入ったものとか、しっかりチェック済みのようですよ」

白く輝く金の髪。

南の海のように澄んだ水色の瞳《ひとみ》。

ギリシャ神話の神々も色褪《いろあ》せるほど品よく整った顔。

清々《すがすが》しい朝の光の中で見るシモンは、親兄弟ですら見惚《みと》れてしまうほど優雅で神々しい佇《たたず》まいをしている上、頭脳明晰《めいせき》で行動力と責任感まであり、なんとも頼もしい。そんなシモンに対し、父親のギョームが示す溺愛《できあい》ぶりはとみに有名であった。

バゲットにバターを塗っていたギョームが、その手を止めて応じる。

「魔術ねえ。イギリス人は、本当に幽霊とか魔法とか、その手のものが好きだな」

「そうですね。──まあ、天下の大英図書館の企画で、決してアヤシいものではないということがわかっているので、いちおう貸し出す方針で話を進めています」

「それは構わないが、中には鑑定が済んでいないものもあるから気をつけてくれ」

「もちろん。ベルジュ家の名前を出して展示されるからには、おかしなものを貸し出したりはしませんよ」

　当然のごとく明言したシモンが、「ただ、そうだとしても」と尋ねる。

「そもそも、あれらの品々って、どこに行っちゃったんですか？」

「燭台やゴブレット？」

「とか、その他諸々《もろもろ》。たしか、僕が小さかった頃は、ロングギャラリーにいかにも『お城』といった風情の品々が何点か飾られていた記憶があるんですけど、気づいたらなくなっていましたよね」

「……ああ、まあね」

　チラッと正面でコーヒーをすする妻のエレノアを見やって、ギョームが答える。

「お母さんの好みに合わないというので、お前がセント・ラファエロに留学している間に展示品を大々的に入れ替えたから」

　それに対し、当のエレノアが「だって」と口を挟んだ。

「ああいうの、ちょっと中世っぽくってなんか辛気臭《しんきくさ》いでしょう。私は、ロココ時代の華やかな感じが好きだから。……それに、当時、ロングギャラリーを掃除していた使用人たちが何人か、魔法使いみたいな恰好《かっこう》をした幽霊や悪魔のようなものを見たようだし」

「そうなんですか？」

「ええ。それで、怖がって掃除したがらない娘《こ》もいたのよ。――だから、シモン。貴方《あなた》もこれから探すつもりなら気をつけなさいね」

「……幽霊に？」

「悪魔にも――」

真面目《まじめ》に警告され、シモンは肩をすくめながら「わかりました」と答える。実際はどう気をつけたらいいのかよくわからないが、朝から母親に口答えするのは得策ではないと知っているのだ。

そんなシモンに、ギョームが教える。

「まあ、そんなこんなで、あれらは地下倉庫のどこかにあるはずだよ」

「地下倉庫のどこか……」

シモンが悩ましげにつぶやく。

展示品が表舞台から消えたからには、地下倉庫にしまわれているというのは容易に想像がつくのだが、問題はたくさんある部屋のどこにあるか、それが知りたくて尋ねたのに、明確な答えは返らず、小さく吐息をついたシモンが独白する。

「どうやら、長い一日になりそうだな……」

というのも、この城は本当に広く、所蔵する美術品や骨董品《こっとうひん》も数知れない。

しかも、それらを正確に把握している人間はいないはずで、屋根裏から地下室まで隈《くま》なく探せば、いまだにどこからかお宝が出てきても不思議ではないのだ。――いや、それどころか、隠し扉からの隠し部屋などが見つかる可能性だってなきにしもあらずで、そういう意味ではなかなか楽しい住まいといえよう。

問題の地下倉庫は二つのエリアに分かれていて、一つは温度や湿度調節のなされた貴重品を収める倉庫で、警備システムも管理システムもしっかりしている。

それに対し、地下通路に点在する小部屋は、温度と湿度の調節機能こそつけてあるものの、警備システムは古く、美術品や骨董品の「とりあえず」の置き場と化していた。もちろん、それらの部屋にあるものについては管理も適当で、どこになにがあるか、すぐに答えられる者はいない。

そして、今回、シモンが探索に赴かなければならないのは、その物置のほうだ。

すると、親子の会話を聞いていた双子の姉妹のマリエンヌとシャルロットが、果物をフォークで刺しながらワクワクした様子で口々に言った。

「もしかして、お兄様、今日は地下倉庫で宝探しをなさるの?」

「一日かけて?」

シモンが応じる。

「まあ、そういうことになるだろうね」

「だとしたら、私たち、手伝いますわよ」

「ええ、手伝いますすわ」

「宝探しといえば、マリエンヌとシャルロットですから」

「そうね。宝探しにかけては、私たちの右に出る者はいないと考えてくださって結構ですわ」

かくいう二人の趣味は、広大な城の庭に美術品や骨董品を埋めて、それを自分たちで掘り返したり、誰かに宝探しをさせることであった。おかげで、ベルジュ家の庭には本当に宝がわんさと埋まっていることになってきたが、さすがにやり過ぎたのか、最近は、父親から地下倉庫への出入りを禁止されてしまった。だから、これを機に、いろいろ物色しようと考えているようだ。

「宝探しねえ」

シモンが、迷うようにつぶやいた。

目的を果たすのにマリエンヌとシャルロットがどれくらい役に立つかは不明だが、城の広さを考えると、正直に言って、今は猫の手も借りたい気分である。たまには、妹たちとのん気に宝探しもいいかとシモンが思った時である。

近くの席で「コホン」と小さく咳払《せきばら》いした父親が首を横に振るのを見て、察したシモンが答える。

「せっかくの申し出だけど、必要ないよ。それより、お前たちはレポートをやってしまわないとダメだろう」

「えー、つまらない」

「そうよ。せっかくお兄様と遊べると思ったのに……」

見た目は大人っぽくなっているのに、家族といるとまだまだ幼さが出る二人だ。微笑《ほほえ》ましくもあるのだが、やはりそろそろ年相応の分別を持つべきであった。

「その調子だと、手伝ってもらったところで、お前たちがきちんと目的のものを探し出してくれるとは到底思えないしね」

「そんなことありませんわ」

「魔法の道具なんて、ワクワクしますもの」

それから、互いの顔を見ながら続ける。

「『エクスカリバー』みたいな剣を、庭に刺しておくのもいいと思うし」

「あるいは、そうねえ。ゴブレットを噴水の中に沈めておくのも楽しい気がするわ」

「あら、でも、噴水に沈めるなら指輪がよくないかしら？」

「ああ、たしかに。彫刻入りの古いメノウの指輪とか、どこかに落ちていたらいいんだけど……」

やはり、真面目にシモンの手伝いをする気はなかったようで、シモンが父親の先見の明に敬意を払っていると、それまで一人、傍観者の体でいた異母弟のアンリが、「悪いけど」と告げた。

「僕は、このあと出かける用事があるから、当てにしないでくれる？」

「──そうか」

落胆を隠せずに、シモンが続ける。

「それは、残念だな。実はちょっと当てにしていたんだ」

「だと思って……。ごめん」

「うん。まあ、仕方ない」

なにごとにおいても処理能力の高いアンリにこそ、ぜひとも手伝ってもらいたいシモンであったが、そう都合よくはいかないらしい。

ただ、そうなると。

（まずいな……）

改めて、シモンは思う。

（これは、本当に長い一日になるかもしれない……）

2

「……まったくねえ」

単身、地下倉庫にやってきたシモンは、薄暗い部屋の一つで棚から大きな木箱を下ろしながら毒づいた。

「企画展への協力なんて、安易に引き受けるものではないな」

これからは、もう少し慎重になろうと反省する。

もちろん、このような雑務は本来、秘書や部下にやらせてもいいのだが、なんだかんだ最終決定をくだすのはシモンであり、あれこれ指示を出している間に、ついつい自分でやったほうが早いと思ってしまうのだ。それが成り立ってしまうのが、シモンのすごいところであり、最大の欠点でもあった。

ケホッと咳《せ》き込みながら顔の前で埃《ほこり》を払ったシモンが、「だいたい」と独り言を続ける。

「人を雇う金銭的余裕がないわけでもないのだから、一人でも二人でも、地下倉庫の管理人を雇うなりして、とっとと整理してしまえばすっきりするのに、なんでいつまでもやらないでいるんだろう？」

シモンが当主となった暁《あかつき》には、真っ先に手をつけたい案件かもしれない。

かつて父親が母親の意向を受けて展示品を入れ替えたように、その時の当主の嗜好《しこう》や気分で表舞台の展示品は入れ替わる。だが、その都度、倉庫での置き場所が替われば、最終的に混沌《カオス》がやってくるのは自明の理であった。

それを避けるためには、ものの居場所を作ってやるのが一番だ。

シモンが自分なりのプランをあげつつ、捜索を続ける。

「たとえば、それぞれの部屋を何人かの先祖か、せめて年代ごとに割り当てれば、時々の先祖の日誌や備忘録、出納帳などから購入した時の経緯がわかり、来歴を調べるのも簡単になるわけで、一度資料を作ってファイリングしてしまったら、なにかあるたびに、毎回一から調べ直す必要もなくなるんだけどな」

それは、完璧《かんぺき》な整理整頓《せいとん》のように思われた。

もっとも、おそらく一代の間に何度も同じ展示品を扱うのであれば、そのあたりの無駄を省くためにも、今までの当主たちだってしっかり管理しようとしただろう。実際、貸し出すことの多い貴重な美術品や蔵書などは徹底的に管理され、扱いも慎重であった。

問題は、そうではない雑多な工芸品や美術品で、そこまでしたところで、作成した資料が日の目を見るかどうかはわからず、だからこそ、骨折り損のくたびれ儲《もう》けを嫌がって誰も手をつけたがらないのだ。

ただ、とにかく二度手間のような無駄な作業が嫌いなシモンは、この混沌をなんとかしたいと考える。

「そういえば、それこそユウリとバーロウを雇うことができたら、ここも機能的かつすっきりと片づくんだろうな」

昔から整理整頓がとても上手な親友のユウリ・フォーダムと、現在ユウリの同僚となっているミッチェル・バーロウ。

彼らが働いているのは、ロンドンの高級住宅街メイフェアにある「アルカ」で、表向き骨董店として機能しているそこは、ミッチェルのセンスや事務管理能力の高さとユウリのものを美しく整える能力が合致し、一つの優美な空間ができあがっていると言っても過言ではない。

それを思うと、シモンとしては認めるのは非常に悔しいことだが、二人を起用した店のオーナーに先見の明があったということになる。

もっとも、オーナーの酔狂が詰まった「アルカ」は売り上げを度外視して成り立っているので、決して経営面で成功しているとは言えず、実務家のシモンとしては、そのあたりのバランスが気になるところである。

ただ、城の管理と一緒で、この場を整理整頓することは実質的な売り上げとはいっさい関係ないことなので、条件としては「アルカ」と変わらない。となると、やはり、あの二人を抱え込むことができたら、これ以上ありがたいことはないだろう。

（まあ、そうはいっても……）

木箱を横にスライドさせながら、シモンは思う。

（ユウリはいいとして、あのバーロウが、アシュレイのもとを離れるとは思えないけど）

「アルカ」のオーナーであるコリン・アシュレイは、シモンとユウリのパブリックスクール時代の先輩で、在学当初から悪魔のように頭が切れ、傍若無人で傲岸不遜《ごうがんふそん》な性格がなぜか人々を魅了してやまない、とても厄介な人物だった。

オカルトにも造詣《ぞうけい》が深く、ユウリの霊能力に気づいてからは、ことあるごとに怪しげな事件に巻き込もうとするので、シモンは心穏やかではいられない。とはいえ、これまでさんざんな目に遭わされているシモンをもってしても、やはりアシュレイというのはどこか蠱惑的《こわくてき》で人を惹《ひ》きつけるなにかを持っていると言わざるを得なかった。

ミッチェルは、そんなアシュレイと古い付き合いであり、信奉者とまではいかないにしても、当然、アシュレイの魅力にとらわれている一人であるはずだ。

（本当に、なんか理不尽なんだよな……）

詮《せん》なきことをあれこれ考えながら無意識に手を動かしていたシモンは、棚の奥に置かれていた木箱を見て、現実に引き戻された。

「ああ、あった。これだな。――やっと見つけた」

もとは果物かなにかが入っていたらしい大きめの木箱には、探していた燭台やゴブレットなどがまとめて突っ込まれていたが、中に一つ、見たことのない小さな箱も一緒に入っていて、気づいたシモンが首をかしげる。

「……あれ、これはなんだろう？」

取り出してみると、エンボス加工の文様が施された珍しい革張りの小箱で、開けると内側に天鵞絨《ビロード》の生地が張り巡らされ、そこに香水の瓶らしきものが入っていた。

ちょっと変わった形の小瓶で、金台に楕円形《だえんけい》の透明なガラス胴が載り、その両脇《りょうわき》を金の帯が包み込んでいる。蓋《ふた》もやはり金加工の施された球形栓で、なかなか芸術性の高いものといえよう。

「……ラリックか？」

著名なガラス工芸家の名前をあげつつ、シモンは自分で否定する。

「でも、銘はないし、やはり違うか」

とはいえ、繊細な仕上がり具合から見て、これ一つだけでも、一般家庭で見つかればそれなりの宝となりそうだ。

「う〜ん。おそらく、もとは香水が入っていたんだろうな」

ただし、どこにも商品名はないので、個人的に調合した香水が入っていたと考えていいだろう。シモン自身、香水は、ベルジュ家御用達《ごようたし》の調香師に作らせた彼独自の配合のものを使っている。いわゆる世界に一つだけの香りだ。

もっとも、残念ながら、小瓶の中身は空なので、香りは想像するしかなさそうだ。

不思議なのは、どう見ても空っぽのその小瓶には、蓋が開かないようきつく革紐《かわひも》が巻かれ、さらに「この蓋、開けるべからず《ヌヴレパルクーヴェルクル》」という注意書きまで添えられていた。

「開けるべからず《ヌヴレパ》——」

それは、中身をこぼされたくないがための注意書きなのか。

それとも——。

「この小瓶に、なにか禁忌が隠されているとか……？」

わからないが、そもそも、なぜこんなものがここに入っていたのか。

それからして、謎《なぞ》である。

改めて小瓶を目の高さに持ち上げて眺めていたシモンは、その時、ガラスの向こうになにかの影が過《よぎ》るのを見たように思ってハッとする。

「——なんだ？」

一度顔を離してから瞬《まばた》きをし、もう一度顔を近づけてよくよく見るが、やはり中身は空で、なにも入っている様子はない。その後も軽く振ったり、逆側から覗《のぞ》いてみるが、先ほど見た影のようなものをふたたび見ることはなかった。

「光の加減かな……？」

しばらくそうやって小瓶と向かい合っていたシモンであったが、いたずらに時間を浪費していても意味がないので、ひとまず小瓶を革張りの小箱に戻すと、それを置いて地下倉庫をあとにした。

地下倉庫から持ち出した燭台やゴブレットを必要に応じて鑑定に出したり修繕を依頼したりするための事務手続きを一通り済ませたシモンは、軽くお昼を食べようと食堂に足を向けた。

3

家族はそれぞれ用事があるため、昼食は各自好きな時間に取ることになっている。

そこで、庭に面したテラス席に食事を運ばせることにしたシモンは、用意されるのを待つ間、スマートフォンをテーブルの上に投げ出したまま、しばし、自然がもたらす癒《い》やしの時間に身を任せた。

四月のさわやかな風が、地下倉庫で染みついた湿っぽい空気を洗い流してくれる。

「まさに、なべて世はこともなし、だな」

ロバート・ブラウニングの有名な詩の一節を口にしたシモンが、先に運ばれてきた食前酒に手を伸ばしていると、ふいに背後から明るく声をかけられた。

「あら、シモン。来てたの」

振り返ると、そこに、絶対にいてほしくない人物が立っていた。

ボブカットにした見事な赤毛。

パリコレのモデル並みに整ったプロポーション。

母方の従兄妹《いとこ》であるナタリー・ド・ピジョンは、その完璧な容姿とは裏腹に、とんでもなくお騒がせな性格をしていて、シモンの頭痛の種の一つであった。

「――ナタリー」

せっかく気分よく過ごしていたのに、一瞬で地獄に叩《たた》き落とされたような心地になったシモンが、げんなりして言う。

「ここは僕の家だからね。君に『来てたの』なんて言われる筋合いはないし、むしろ、君こそ、ここでなにをしているんだい？」

当たり前のようにいるが、本来、ここは彼女の家ではなく、いわばよそ者だ。母親同士がとても仲がよく、小さい頃からしょっちゅう出入りしているので、勝手知ったる、といったところなのだろうが、シモンとしてはおもしろくない。

百歩譲って、来るのはいいとしても、これだけ広いのだから、せめて会わずに済むようにできないものか。

そんなシモンの嘆きなどどこ吹く風で、ナタリーがキョロキョロしながら応じる。

「なにって、ちょっと探しものをしに来たのよ。――あ、でも、ちょうどよかった。ユウリはどこ？　どうせ一緒に来ているんでしょう？」

「いや」

「来てないの？」

「見てのとおり」

「それは、珍しい」

言いながら晴れ渡った空を見あげて、「まさか」と続ける。

「槍《やり》とか降ってこないわよね？」

肩をすくめたシモンが、「学生時代と違って」と説明する。

「ユウリはユウリで、仕事があるからね」

「まあ、そうか。――でも、それは無念だわ」

「無念？」

聞《き》き咎《とが》めたシモンが、訂正する。

「それを言うなら、『残念』だろう」

「いいえ。『無念』で合っているわ。――だって、ユウリがいるなら『楽勝！』って思ったのに、いないんだもの。正直に言わせてもらうと、貴方の姿を見つけた時の喜びを、返してほしいくらいだわ」

なにが「楽勝！」なのか。

水色の目を細めていぶかるシモンの対面に許可なく腰をおろしたナタリーが、給仕されたばかりの彩り豊かなサラダを勝手につまみながら「でもまあ」と同情する。

「ユウリもかわいそうよね。貴方に甲斐性《かいしょう》がないから、あくせく働かなければならなくなったわけでしょう。労働なんて、ユウリには似合わないのに。――お願いだから、結婚しても、私の稼ぎなんて当てにしないでね」

「しないよ」

即答したシモンが、それだけでは満足できずに言い返す。

「そもそも、君と結婚する気はないといつも言っているだろう。それくらいなら、僕は神様と結婚するよ」

つまり、カトリック系の修道院に入ると言いたいのだろう。

「またまた冗談ばっかり。――貴方が、日がな一日、お祈りして過ごすなんて、あり得ないし、なんかいっそ冒瀆《ぼうとく》だわ」

「そうかい？」

応じたシモンが、侵食され続けるサラダを諦《あきら》め、運ばれてきたスープに手を伸ばしつつ応じる。

「でも、悪いけど、神の道なんていろいろだからね。ヴァチカンにいる緋色《ひいろ》の連中が、日がな一日お祈りだけして過ごしていると思うのかい？」

「緋色の連中」というのは、カトリックの総本山であるヴァチカン市国を支配する枢機卿《すうきけい》たちのことを指している。

「ああ、なるほど。——その手があるのか」

納得するナタリーに、シモンが「それより」と尋ねた。

「さっき、ここで探しものがどうのと言っていたけど、忘れものでもしたのかい？」

「そうね」

うなずきながら蠱惑的なモスグリーンの瞳を悪戯《いたずら》っ子《こ》のようにキラッと輝かせたナタリーが、「ただ、それは私のではなく」と告げる。

「死者の忘れものだけど……」

「——死者？」

シモンが、スープをすくう手を止めて訊《き》き返す。

「今、君、『死者』と言った？」

「ええ」

「死者って、亡くなった人という意味だよね？」

「間違いなく」

「つまり、最近誰かがお亡くなりになって、その遺品を探しに来たということ？」

ただ、それならそれで、なぜここに来るのか、意味がわからない。

少なくとも、シモンが知る限り、この城にゆかりのある人物が最近亡くなったという話はないはずだ。

「それが、それほど単純ならよかったんだけど、話はもっと複雑で」

疲れたように首を横に振ってみせたナタリーが、「実は」と説明する。

「私、先週末にギリシャに行ってきたんだけど――、あ、それ、お土産《みやげ》ね」

脇に置いた籠《かご》バッグからはみ出ているオリーブオイルなどを顎《あご》で示してから、続ける。

「地中海クルージングの合間に、向こうでネクロマンシーに挑戦したのよ。それに応《こた》えてくれたのが、ちょっと前にお亡くなりになった魔女サークルの大先輩で……」

「――ストップ」

聞き捨てならない言葉が出てきたので、話を遮ったシモンが真っ先に確認する。

「ネクロマンシー？」

「ええ。――知っている？」

「そうだね。僕の記憶が正しければ、それって死者を呼び出す儀式のことだ」

「ピンポーン」

人さし指をあげて明るく応じたナタリーが、「でね」と話を続けようとする。

「それに応じてくれたのが、今も言ったように、ちょっと前にお亡くなりになった魔女サークルの大先輩で――」

だが、当然、シモンは納得がいかない。

「なにをしれっと先を続けようとしているんだ、ナタリー。君、また懲《こ》りもせずに、そんな怪しげなことに手を出したのか?」

「あら、目くじらをたてるほどのものでもないわよ」

「たてるさ」

きつく応じたシモンが、「だいたい」と呆《あき》れて言う。

「ユウリが来ていないことを『無念』とか言っていた時点で、僕としては嫌な気がしていたんだけど、まさかそんなことに巻き込もうとしていたとは」

「そうだけど、ちょっと聞きなさいって。そんなに怪しくはないんだってば」

落ち着かせるように両手をあげたナタリーが、「いい?」と言う。

「ギリシャのアケロン川といえば、冥界《めいかい》へ渡る川と同一視されていて、その流域にある地下神殿——かつてのネクロマンテイオンと目される場所では、昨今、『死者の予言を聞くツアー』というのが人気を博していて、いるのよ。その証拠に、私が参加した時も、世界各国から参加者が集まってきていたもの」

「世も末だな」

「そうね。——でも、もしそこでオカルティックな映像の一つでも撮れたら、バズること間違いなしってわけ」

「……バズる」

つまり、今や死者も「いいね」の対象ということだ。

それこそ「冒瀆」という気がしないでもないし、死者の霊や神々に対する畏敬《いけい》の念というのは、いったいどこに追いやられてしまったのか。

虚《むな》しさを覚えたシモンが、ちょうど着信音を響かせた自分のスマートフォンを取りあげながら、追いやるように片手を振って会話の終了を知らせる。

「まあ、僕には関係ないことだから、好きにしたらいい」

「ええ、もちろん。言われなくても、そうさせてもらうわ」

立ちあがったナタリーが、お土産のオリーブオイルを出すこともなく籠バッグを取りあげて去っていく。

それを尻目《しりめ》に、シモンは電話に出た。

「――やあ、ユウリ」

4

同じ日のロンドン。

メイフェアにある「アルカ」から歩いていける緑豊かな公園で、自前のサンドウィッチを食べていたユウリ・フォーダムは、頃合いを見計らってフランスに戻っているシモンに電話をかけた。

数コールで繋《つな》がった相手は、名乗るまでもなくユウリのことを認識してくれる。おそらく着信音で、発信者を識別できるようにしてあるのだろう。

『――やあ、ユウリ』

「あ、シモン。――今、大丈夫?」

『もちろん』

「よかった。――それで、そっちはどう?」

のどかな午後に、異国にいる友人とふつうに話せるというのは、技術革新の恩恵の一つであった。

すぐそばを、散歩中の老夫婦がゆったりと歩いていく。

シモンが答える。

『そうだね、可もなく不可もなくってとこかな』

「その割に、声が少し疲れているみたいだけど……」

するとと、意外そうに『そうかい？』と訊き返したシモンが、『ああ、もしかしたら』と苦笑を交えて推測した。

『今しがたまで、ナタリーと話していたからかもしれない』

「へえ。ナタリーが来ているんだ？」

『うん。この城を自分の家と勘違いしているんじゃないかっていうくらい、当たり前の顔をしてうろついているよ。――しかも、ギリシャくんだりまで行って、またぞろネクロマンシーとか訳のわからないことをやってきたようだし』

「ネクロマンシー？」

聞き慣れない単語に対し、ユウリがいちおう確認する。

「それって、死者を呼び出す儀式のことだよね？」

『そう』

「ナタリー、ネクロマンシーなんてやるんだ？」

『そのようだけど、関《かか》わり合いになりたくないから、君からの電話を機に追っ払ってしまったよ。――もう、トラブルはご免だ』

「そうなんだ」

そこで小さく笑ったユウリが、「それなら」と話題を変えた。

「他のみなさんは、お変わりなく？」

『そうだね。父も母も元気だし、アンリも自由にやっている。双子にいたっては、自由気まま過ぎるかな』

「それはなんかいいね。ほのぼのする」

ロワールの城を走り回るマリエンヌとシャルロットの姿を想像しつつ、ユウリが続けた。

「シモンも、久しぶりにのんびりできそうだし」

『そうでもないよ。今日も、午前中はずっと地下倉庫で埃と格闘しながら宝探しをしていたし』

「ああ、企画展に貸し出す燭台とかゴブレットだっけ？」

『うん《ウィ》』

ちょうどパリ本社で会議があるということで、シモンはついでとばかりに、みずからの手でそれを探すためにロワールまで行くと言っていたのだ。人に頼んでしまえば楽なのに、なんだかんだ、自分でやってしまおうとするシモンのことを、ユウリはオーバーワークにならないかと、少し心配している。

「見つかったの？」

『見つかったよ。ただ、他にもいろいろ片づけたいことがあって、たぶん、一週間はこっちにいると思う』

「それなら、セント・ラファエロの春祭は、現地で待ち合わせをしたほうがいいかもしれないね」

『春祭？』

失念していたらしいシモンが、『ああ、そうか』と思い出したように応じる。

『それって、来週だっけ？』

「うん。——行けそう？」

彼らの母校であるセント・ラファエロの春祭が目前に迫っていて、ユウリの場合、今年は絶対に観覧に行く必要がある。

というのも、現在、セント・ラファエロには、ユウリが実質的に後見人を務めている日本人留学生の桃里理生《とうりりお》が在籍していて、日本にいる彼の両親の代わりに、その活躍を見届けないとならないからだ。

少し間を置いて、シモンが答えた。

『もちろん、行けるよ。ちょっと忘れていただけで、スケジュールには組み込まれているから』

「よかった。——でも、くれぐれも無理しないで」

オーバーワークになるくらいなら、パスして一日のんびりしていてほしいと思うユウリであったが、シモンが『大丈夫だよ』と応じる。

『それに、どうせ行くなら一緒に行きたいから、前日までには戻るようにする。どうしても戻れなければ、別々に。——それでもいいかな?』

「もちろん」

ユウリが受け入れ、気遣うように付け足した。

「何度も言うけど、無理はしないで。——ちなみに理生には、もしかしたら当日、友人を紹介できるかもしれないと伝えてあるだけだから」

『そうなんだ。——でも、僕も、噂《うわさ》の「リオ」にはぜひとも会ってみたいし、それとは別に、久々の春祭を楽しみにしているんだ。だから、僕自身の都合で、多少の無理は押し通すつもりだよ』

このところ、二人の話題——特にユウリの口から頻繁に出るようになった「桃里理生」という人物について、シモンは大いに興味を持っているようだ。

ちなみに、理生の留学は、当人の意思というより、桃里家の抱える複雑な事情のためであり、ユウリはそれらのことを踏まえた上で、あれこれ面倒をみている。ただ、シモンには詳しい話をしていないため、そのあたりの背景も含めて、関心があるのだろう。

その後、しばらくたわいないおしゃべりをしてから電話を切ったユウリは、「アルカ」への道を戻りながら、ふとつぶやく。

「……それにしても、ネクロマンシーねえ」

最初のほうの会話に戻って、ユウリは考えた。

スイスのお嬢様学校に在籍していたナタリーは、そこで伝統ある魔女サークルの一員となり、最終的に会長の座にまで上り詰めたらしい。

当然、そのことを知ったシモンはいい顔をしなかったが、ナタリー自身は、あくまでも善の力の行使である白魔術の使い手としてサークル仲間をとても大事にしていて、今でもよく一緒に出かけるようである。

今回も、その流れでの「ネクロマンシー」だったのだろう。

ユウリは、興味を抱いて思う。

「いったい、ナタリーは誰を呼び出したんだろう……？」

そして、その呼び出しには応えてもらえたのか。

応えてもらえたとして、どんな質問を投げかけたのか。

シモンは食わず嫌いを起こしているようだが、本来なら、なかなか人の興味をそそる話題であった。

(さすが、ナタリーだな)

ユウリは、感心する。

その好奇心と持ち前の行動力で、次から次へとおもしろいと思ったことに挑戦していく。陽気な女版アシュレイといえそうだ。

もちろん、この時のユウリはまだ、ナタリーが結構厄介な問題を引き当ててしまい、その解決のために自分が奔走する羽目になるとは、想像もしていなかった。

5

同じ頃。

オックスフォードの街中を、一人の青年が歩いていた。

長身瘦軀《そうく》。

底光りする青灰色の瞳。

長めの青黒髪を首の後ろで緩く結わえ、丈の長い黒のスプリングコートを翻して闊歩《かっぽ》する姿は、洒脱《しゃだつ》な悪魔を思わせる。

青年は古い居酒屋《パブ》に入ってビールを頼むと、それを持って川べりのテーブルの一つに近づいていく。

そこにはすでに、初老にさしかかったくらいの男性が陣取っていて、時おり腕時計に視線を落としながら、落ち着かない様子であたりを見まわしていた。テーブルの上に置かれたグラスの中身が半分ほど減っているのは、待ち人が遅れている証拠であろう。

そんな男性の前にトンとビールのグラスを置いた青年は、対面に腰をおろすなり挨拶《あいさつ》もなく「――で？」と居丈高に切り出した。

「悪魔との契約書というのは、持ってきたのか？」

その様子は傍若無人にして傲岸不遜。

歳《とし》の差など無視した横柄さだ。

とっさに気圧《けお》されたように青年を見返した男の表情が一瞬引きつったのは、その青年こそが自分の魂を奪いに来た悪魔と思えたからかもしれない。

一呼吸おいて落ち着きを取り戻した男が、「では、君が」と相手の素性を確認する。

「コリン・アシュレイなのか？　ミスター・シンの使いの？」

「『使い』は余計だな」

気を悪くしたように応じたアシュレイが、「死にぞこないの耄碌《もうろく》じーさんに頼まれて」と続ける。

「あんたの話を聞きに来てやっただけだよ、ミスター・バイヤール」

マシュー・バイヤールが、意外そうに訊き返す。

「ということは、ミスター・シンはご病気かなにかで？」

「いや。ピンピンしている」

「でも、今、『死にぞこない』と……」

「だから、とっくに死んでいても良さそうなのに、相変わらずピンピンしているってことだよ。あの様子では、死神の鎌《かま》も、振れば刃こぼれを起こすだろう」

「ほお。それは、なんとも羨《うらや》ましい……」

そうつぶやいたマシューが、対抗心に火がついたように、「まあ、それで言ったら」と応酬する。

「私も、死神ならぬ、悪魔の手をすり抜けたわけだが」

アシュレイが、片眉《かたまゆ》をあげて認めた。

「らしいな。――それについて、詳しい話を聞かせてもらおうか」

「もちろんだとも」

そもそも、彼らはそのことを話し合うために、会うことになったのだ。

ビールのグラスをあおったマシューが「あれは」と話し出す。

「私が三十代になったばかりの頃のことだ。証券会社に就職していた私は、株取引で大きな損失を出してね。詳細は省くが、その結果、それまで飛ぶ鳥を落とす勢いだったというのに、成功者としての地位も名誉も一瞬で失ってしまった」

「それは、ご愁傷様なことで」

「本当に、ね。――しかも、あとで知ったことだが、それは、私を蹴落《けお》とすために、当時のライバルが流した偽情報にまんまと引っかかってのことだった。生き馬の目を抜くような業界だからな。仕方ないこととはいえ、当然、私は憤ったよ」

「なるほど」

適当な相槌《あいづち》を打ちつつ、アシュレイが「で？」と確認する。

「もしや、憤った挙げ句、そいつを失脚させて自分がふたたびのし上がれるよう、悪魔と取引でもしたってのか？」

「まさにそのとおりで、私は悪魔と取り引きした」

そこで周囲の様子を気にしたマシューが、少し声を低めて「実は」と告白する。

「私の先祖には魔術師がいてね」

「へえ？」

底光りする青灰色の瞳をわずかに細めたアシュレイが、「それって」と尋ねる。

「魔術系の秘密結社にでも入っていたということか？」

「そう。どうやら、ヴィクトリア女王時代に存在した秘密結社の一つ、『暁《あけ》の明星団《みょうじょうだん》』の一員だったようなんだ。しかも、かなり高い位階の保持者であったらしい。そして、手に入れた魔術書に従い、悪魔の召喚に成功したという記録が残っている」

そこで、ふたたびビールをあおったマシューが、「それで」と続ける。

「小さい頃から、その秘蔵の魔術書に触れてきた私は、絶望のどん底に立った時、初めて本気で悪魔を呼び出そうと思ったんだ。私が生まれ育ったのは、まさに科学万能の時代だったから、本来、悪魔や幽霊なんてものはたいして信じてはいなかったんだが、人間、悔しさや絶望感の中では、なんでも信じてみる気になるものなんだよ」

マシューは、その瞬間、どこか高揚したように瞳をぎらつかせた。

アシュレイが、そんな相手を青灰色の瞳で観察している。

マシューが「儀式は」と続けた。

「とても慎重にやったよ。場所、時間、準備、すべて本の指示に従い、緻密に、滞りなく行った。小さい頃から眺めていただけに、呪文《じゅもん》はなんとなく頭に入っていたし、複雑な魔法円も、何度か描く練習をしたことがあって、本番ではうまく描くことができた。おかげで本当に悪魔を呼び出すことに成功し、契約を交わした。――正直に言うと、悪魔が現れた時は私自身とても驚いたが、紛《まが》うことなく本物なんだ。しかも、こちらが想像していたより紳士的で、望みを尋ねられた私は、私を貶《おとし》めた相手を失脚させ、代わりに私が返り咲くことを約束させた。するとどうだ、しばらくして、そのとおりのことが起きたんだよ」

「ふうん」

「ただし、その代償が、二十年後に魂を渡すことだったんだが……」

「鬱憤《うっぷん》を晴らせるなら、それでもよかったんだろう?」

「まあね」

うなずいたマシューが「その頃の私は」とどこかきまり悪そうに説明する。

「太く短く生きられればいいと思っていたからな。――というのも、残念ながら、うちの家系はアルツハイマーになる人間が多くてね。そういう老後を送る人たちの周囲の苦労を身近に見てきただけに、それくらいなら、成功者として短く生きて、最後は華々しく散るほうを選びたかった」

「華々しく散るねえ……」

悪魔に魂を売ることで、それが叶《かな》うとでも思ったのか。

愚かしい限りだが、この男の場合、その後の事情が少し違ってくる。

マシューが、「だが」と説明する。

「ありがちなことではあるんだろうが、約束の二十年目が近づくにつれ、私は怖くなってきてね」

「魂を取られるのが？」

「ああ。――仕事で成功したおかげで愛する家族もでき、それなりにいい人生を送っていたら、それが終わってしまうのが残念で仕方なくなり、どうにか悲惨な運命を免れることはできないものかと考えるようになったんだ」

「たしかに、ありがちだな」

アシュレイが揶揄《やゆ》するように言う。ちょっと想像力が働く人間なら、契約の段階で将来後悔する自分を予測し、踏みとどまるものである。

マシューが「だけど」と悩ましげに続けた。

「結局、なにもいい考えが浮かばないまま、約束の二十年目がやってきて、私は途方に暮れた。満足する人生を送れたのだから、それで『良し』としようと思う半面、やっぱり残りの人生を手放すのは惜しいし、なにより、悪魔に魂を持っていかれるのが嫌だった。若い頃には思いもしなかったが、死とは別に、魂に平安が訪れないというのがどういうことか、うっすらとわかるようになってきたから。——そんなこんなで悶々《もんもん》と過ごしているうちに、気づいたら二十年目が過ぎ、その後も一年、二年と過ぎていったが、悪魔が私の前に現れることはなく、こうして今に至っているというわけだ」

「なるほどね」

それは、なかなか興味深い話である。

バカな悪魔が、肝心の魂の回収をしそびれたか。

そうでなければ、そもそも、悪魔との契約という話自体が眉唾《まゆつば》ものであったということになるわけで、その判断をくだすために、アシュレイはここに来ている。

肩をすくめたアシュレイが、「それなら」と尋ねる。

「話を最初に戻すが、悪魔と交わした契約書は持ってきたのか？」

「ああ、これだよ」

マシューはそう言って、鞄《かばん》の中から折りたたまれた羊皮紙を取り出した。

開くと、そこに黒いインクで書かれた文言と、マシューの血によるサイン、その下に悪魔のサインと思われる各種の記号が書き込まれていた。

受け取って眺めていたアシュレイが、判断に迷うように「ふうん」とつぶやく。

契約書としての体裁は整っていて、本物と言えなくもないのだが、そこに書かれた悪魔のサインが、アシュレイの知らないもので決め手に欠ける。

ただ、だから偽物ともいえない。

いくら博識なアシュレイといえども、総数すら定かではない悪魔すべての署名など、当たり前だが、知るわけがないからだ。

ややあって、アシュレイが訊く。

「それで、あんたはこれを『アルカ』で預かってほしいというんだな?」

「そうだ」

うなずいたマシューが、続ける。

「一度逃れたからといって、必ずしもこのままで済むとは限らない」

「まあ、そうだな」

「そんな状態でこれを手元に置いておくと、いつ何時、悪魔がやってきて証拠として突きつけられてしまうとも限らないだろう。正直に言って、私はここ数年、ゆっくり眠れたことがないんだ」

さもありなん、とアシュレイは思う。

悪魔と契約をしておきながら、なんの気苦労もなくすやすや眠りにつけるような能天気な人間は、もやは人間とはいえないだろう。

マシューが「だから」と続けた。

「とりあえず、そちらで預かってもらい、悪魔が簡単に触れられないよう封印なりなんなりしてもらえたら、少しは安心していられるし、いざという時には、交渉の余地も残るのではないかと」

「なるほどねえ」

理屈はわかったし、なかなか賢い話ではある。

魔術が当たり前だった時代と違い、今の世の中に、悪魔を寄せつけないほど神聖な封印を施せる人間がいるかどうかはわからないが、それができれば、彼の言うとおり、なんらかの交渉は可能になるはずだ。

そして、アシュレイには、そんな封印を施せるかもしれない人間に、心当たりがあった。

（……まあ、おもしろそうではあるな）

アシュレイの判断基準はそこだ。

危ないか、危なくないかとか、厄介か、厄介でないかなどはどうでもよく、ただ自分が楽しめれば、それでいい。

そんな冒険心もさることながら、悪魔との契約書を精査するという探究心も働いた。

預かり料が入るのであれば、特にこちらにとって不利なことはなにもないため、アシュレイは、結局、眉唾ものかもしれないこの話を引き受けることにした。

「いいだろう」

アシュレイが言い、契約書をヒラヒラと振って続ける。

「これは、うちでしっかり保管しておくから、今後は安心して眠るといい」

第二章　危険な訪問者

1

春祭に出かける日の朝。

フランスからロンドンに戻ったシモンと、それを待っていたユウリは、チャーターしたヘリコプターで西南部にあるセント・ラファエロに向かい、学校が保有するヘリポートに降り立った。

シモンのロンドン入りが遅れたため、往路は空、復路は主要駅で乗り捨てのできるレンタカーを手配しドライブを楽しむことにしたのだ。

ユウリとしては、自分が運転してセント・ラファエロまで行き、帰りはその車で二人でドライブしながら帰ってきてもいいと思っていたのだが、途中で渋滞に巻き込まれてもなんなので、シモンの提案に乗った。レンタカーなら、いざという時には途中で放棄し、列車なり、行きと同じく空の交通手段を手配してもいいからだ。

学校の敷地内にはすでに多くの保護者たちが集まってきていて、いつもはがらんとしている駐車場も車だらけだった。

高級車が並ぶ様子を横目に見ながら、ユウリがしみじみ言う。

「車にしなくてよかったかも」

「たしかに、停《と》める場所を探すだけでもかなり時間のロスになっただろうね」

それだけでなく、空から見えた周辺の様子では、学校に至るまでの公道に運転手付きのハイヤーが列をなして主人の戻りを待っていた。おかげで、あたりの通行がかなり規制されているようなのだ。

やがて辿《たど》り着いた校舎前の広場には、大勢の生徒たちがたむろしていた。発表会の出番まで時間のある生徒たちが久々に顔を合わせる両親の到着を待つという、ユウリたちにしてみるとなかなか懐かしい光景である。

当然、この混雑を予測していたユウリは、懇意にしている校医のディアン・マクケヒトにお願いし、理生《りお》には医務室で待ってもらうようにしておいた。そこで、広場を横切って医務室に向かいかけた彼らに対し、生徒の間から声がかかる。

「――ベルジュ！」

振り返ると、「おい、通してくれ」という威厳のある声とともに人垣が割れ、一人の生徒が颯爽《さっそう》と進み出てきた。

「すみません。不躾《ぶしつけ》にお声がけして。——でも、シモン・ド・ベルジュですよね？」

とたん、周囲がざわついた。

「うわ、あれが？」

「なんか、ただ者ではないと思っていたけど……」

「シモン・ド・ベルジュって、聞いたことがある」

「当たり前だろう。伝説の裏総長だ」

「あ、そうか。総長の座をみずから譲って、自分はナンバー2《ツー》に徹したけど、結局は彼の居室が生徒自治会執行部《スチューデントソサエティ》と化したっていう」

「そう。あのベルジュだろう」

シモンを中心に噂《うわさ》が波のように伝わっていく光景を前にして、ユウリは軽い既視感を覚える。

思えば、シモンというのは、いつもそうだった。

本人が意識しなくても、太陽のように人々の中心にいることを余儀なくされ、一挙手一投足が注目される。

そんな人間のそばに、ユウリはなぜかいることができた。

それを幸運と呼ばずして、なんと言えばいいのか。

そうしてユウリが感慨にふけっている間も、囁《ささや》きは続く。

「ていうか、そんな噂も消し飛ぶくらい、見た目が『神』なんだけど」

「たしかに」

「あんな人が、構内を歩いていたのか」

「すげえな」

「噂なんて当てにならないと思っていたけど、噂以上だよ」

一瞬にして憧《あこが》れとときめきを抱いたらしい生徒たちが、口々につぶやく。

「ヴィクトリア寮《ハウス》の黄金時代」

「いや、セント・ラファエロの黄金時代を牽引《けんいん》した人だって」

そんな中、シモンが毅然《きぜん》と相手を誰何《すいか》する。

「そうだけど、君は?」

「失礼しました。僕は、今期、生徒自治会執行部で総長を務めていますチャーリー・グレイです」

「──ああ、そうか。君が例の」

「はい。──『じゃないほうの、グレイ』です」

そう言って笑う様子は、屈託がない。

「じゃないほうの、グレイ」というのは校内では有名なのだが、世事に疎いユウリなどは最初、ちょっとした混乱を来した。というのも、この学校には、もともとユウリやシモンも知っている伯爵家の次男坊であるチャーリー・グレイがいて、前年度まで同じように総長の座に就いていたからだ。

そちらの「チャーリー・グレイ」は、いくつになってもどこか悪戯妖精《いたずらようせい》のような雰囲気が抜けない。どちらかというと小柄で天真爛漫《てんしんらんまん》な青年で、その茶目っ気のある性格が人に好かれ、それなりに人気のある総長であったが、やはり実力よりも家名でトップに押し上げられた感が否めない。

それは、ユウリたちの一つ上の先輩であった、チャーリーの兄、エーリック・グレイも同じで、彼の場合は弟よりも気位が高くて気難しかったために、生徒たちから慕われる総長にはなれなかった。

それに対し、目の前のチャーリー・グレイは、骨格がよく見た目からして威厳がある落ち着いた雰囲気の生徒である。伯爵家とは縁もゆかりもない『グレイ』で、たまたま一つ違いで同姓同名であったため「じゃないほうの、グレイ」などという不名誉なあだ名で呼ばれ続けているのだ。

グレイが「もっとも」と続けた。

「そのおかげで、一念発起して実力をつけ、こうして彼のあとを継いで総長の座に就くことができたので、人生、なにが幸いするかわかりませんよ。——最近では、『祝福されたグレイ』と言う人もいるくらいで」

「それは、良《い》いネーミングだね」

シモンが褒め、「僕のほうでも」と言う。

「噂はいろいろ聞いているよ」

「いい噂ならいいんですけど」

「もちろん」

保証したシモンに、グレイが「そういえば」と尋ねる。

「ベルジュは、マッキントッシュ・メイヤード家とはご親戚《しんせき》ですよね？」

「そうだね」

「そこの人間はいませんが、現在、うちには、マッキントッシュ家とメイヤード家、それぞれの子息が、そちらの関係者であるトウリと同じ学年に在籍しているんですよ。よろしければ、あとでご紹介しましょうか？」

シモンの母方の親戚であるマッキントッシュ・メイヤード家は公爵位を持ち、現在ロイヤル・ファミリーに次いで勢力を誇る一族だ。

ただ、歴史は浅く、ヴィクトリア女王時代に、伝統ある貴族に属するメイヤード家と新興勢力であったマッキントッシュ家の婚姻によって誕生した。当時の政治的思惑が絡んでのことであったが、その後、みるみるうちに勢力を拡大していったマッキントッシュ・メイヤード家は、今では本家を凌《しの》ぎ、押しも押されもせぬ地位を確立している。

そんなマッキントッシュ・メイヤード家だけでも、シモンには覚えきれないくらいの親戚がいるのだ。

これ以上話をややこしくしたくなかったシモンは、やんわりと断る。

「ありがとう。でも、今日は先約があるので、またの機会に」

「そうですか」

心情を察したらしいグレイが、それ以上勧めることなく、シモンからユウリに視線を移して尋ねた。

「フォーダムのほうは、今日もトウリに会いに来たんですよね？」

だが、それより少し前から人垣のほうに煙《けぶ》るような漆黒の瞳《ひとみ》を向けていたユウリは、気になることでもあるのか、話しかけられていることに気づいた様子がなく、当然返事もしなかった。

戸惑ったグレイがシモンと顔を見合わせ、それを受けたシモンが肘《ひじ》でユウリの脇腹《わきばら》を突《つ》いて注意をうながした。

「――ユウリ」

とたん、ハッとしたユウリがシモンのほうを振り仰いで尋ねる。

「あ、ごめん。――なに？」

苦笑したシモンが、「僕ではなく、グレイが」と教える。

「『今日もリオに会いに来たのか』と質問しているんだけど?」

「ああ、そうか。申し訳ない」

謝りながらもふたたび人垣のほうにチラッと悩ましげな視線をやったユウリが、ややあって答える。

「そうなんだよ。日本にいる彼の両親が来られない代わりに、僕がシモンと一緒に理生の活躍を見届けようと思って」

その視線が、ふたたび周囲に流される。

どうやらひどくなにかを気にしているようだ。

実を言うと、この時、ユウリはとても禍々《まがまが》しい気配を感じ取っていて、その原因を突き止めようとしていたのだ。そして、一人の生徒が人垣を離れて歩き去ろうとしている後ろ姿に視線を留めた。

(――彼)

顔は見えなかったが、制服をまとった背中に、黒っぽい陽炎《かげろう》のようなものが立ち昇っている。

嫌な感じの気である。

だが、そうとは知らないグレイは、てっきりユウリが理生のことを探していると思ったらしく、「よければ」と申し出た。

「トウリを呼び出しますか？」

「あ、ううん。大丈夫」

グレイに視線を戻したユウリが、取り繕うように応じる。

「マクケヒト先生にも挨拶《あいさつ》したいから、理生とは医務室で会うことになっているんだ」

「そうですか」

「でも、ありがとう」

「――いえ」

だが、それならそれで、ユウリはいったいなにを見ていたのか。

あるいは、誰を探していたのか。

ユウリの様子がおかしかったのは明らかで、シモンはいささか気になったが、グレイはそこまで深読みすることなく、「それなら」と続けた。

「これから一、二時間は、緊急時以外、医務室には行かないよう、お触れを出しておきましょう」

「え、そんな――」

特別扱いは理生のためにもよくないと思い、慌てて断ろうとするユウリの横から、シモンがグレイに握手の手を差し出しながら言う。

「そうしてもらえると助かるよ、グレイ。――会えてよかった」

「こちらこそ」

どうやら、それが社交というものらしく、軽く別れの挨拶をして、ユウリはシモンと一緒に、まだざわつきの止まないその場をあとにした。

2

「初めまして、君がリオだね？」

シモンが握手の手を差し出すが、理生はポカンとした顔でシモンを見つめ返すだけでうんでもすんでもなかった。

それはもう、見事なまでのフリーズの仕方である。

もっとも、シモンと最初に接した人間にはありがちな反応であるため、苦笑したユウリが横から「理生」とうながすように声をかけた。

「彼が僕の親友のシモンだけど、挨拶はなし？」

「――あ」

そこでようやく動き出した理生が、おずおずとシモンの手を握り返しながら言う。

「すみません。桃里《とうり》理生です」

「うん、会えて嬉《うれ》しいよ、リオ。話はユウリからしょっちゅう聞かされていて、ずっと会いたいと思っていたんだ。――ああ、勝手に呼んでしまっていたけど、『リオ』で構わないかな？」

「もちろんです。……ミスター・ベルジュ」

「シモンでいいよ」

「……はい」

どうやら、理生のほうではまだシモンを「シモン」と呼ぶ心構えがないようで、小さく返事をしたまま下を向く。

桃里理生は、日本人にしては全体的に色素が薄い美少年だった。父親がイギリス人であるユウリのほうが、どちらかというと日本人っぽい風貌《ふうぼう》をしているのが、遺伝の妙といえよう。ただ、控えめで少々自己主張に欠けるようなところは、出逢《であ》った頃のユウリを彷彿《ほうふつ》とさせた。

緊張をほぐそうと、シモンがさらに話しかける。

「それで、リオ。セント・ラファエロでの生活はどう?」

「えっと、まあまあです」

すると、全員分のお茶を淹《い》れて運んできた校医のディアン・マクケヒトが、「おや」と意外そうに口を挟んだ。

「『まあまあ』なんだ、リオ?」

「いや……、あの、ここで過ごす時間はすごく好きです」

慌てて応じた理生が、その時だけ、わずかに口元をほころばせる。

そこにどんな場面を想像したのかはわからないが、どうやら本当に医務室での時間は気に入っているようである。

それを見て、少しホッとしたユウリだったが、実は先ほどから気になっていることがある。それというのも、どうもシモンに対する緊張とは別に、理生にはなにか悩み事がありそうなのだ。

マクケヒトが、シモンの前にお茶のカップを置きながら言う。

「久しぶりだね、ベルジュ」

「ご無沙汰《ぶさた》してます。マクケヒト先生」

「また見違えるほど大人っぽくなったね。——というか、見るたびに貫禄《かんろく》を増していく気がするよ」

「そうですか？」

渡されたカップからお茶を口にしたシモンが、「でもまあ」と懐かしむようにあたりを見まわして続けた。

「なんだかんだ、僕らが卒業して五年以上は経《た》ちましたから」

「たしかに。月日が経つのは早い」

「本当に。——途中、ロックダウンなどもあったせいでしょうけど、正直に言って、ここでユウリと過ごした時間と現在の間に、ものすごく隔たりを感じます」

「ああ、わかるな」

マクケヒトが同調する。

「それに実際、君たちと今の生徒たちとでは、ずいぶんと趣が違うよ」

「へえ。どんな風に？」

「そうだなあ。君たちはまだ、目の前の現実をきちんと生きている感じがしたけど、今の子どもたちは、なんだろうな、現実より非現実に比重を置いているというか、自分の頭の中にあるものに縛りつけられている気がする。——むしろ、ネットを通じて世界と繋《つな》がるのがたやすくなっているはずだから、妙なことだとは思うけど」

「なるほど」

少し考え込んだシモンが、「もっとも、ネット上の繋がりだからこそ」と推測する。

「非現実感が増すのかもしれませんね。ネットの向こうの現実も仮想現実も、彼らの中では一緒くたで、その感覚を持ったまま、自分の生きている現実までもが頭の中だけで処理できるものになっているのかもしれません」

「たしかにね」

そんな社会論のようなもので盛り上がる二人をよそに、ユウリがリオにそっと声をかけた。

「……理生。さっきからなんか浮かない顔だけど、新たな悩み事？」

「あ、はい」

うなずいた理生が、「まさに」と認める。

「厄介な問題にぶち当たっていて――」

彼方《かなた》を見つめる薄茶色の瞳。

小さく溜息《ためいき》をもらす唇。

どうやら、本当に困っているらしい。

ユウリが、「それは」と確認する。

「例の桃里家の使命のことで？」

「いいえ」

首を振った理生が、言う。

「それとは違って……、むしろ、だから、困っています」

「ああ、なるほどね」

問題の本質がいつもとは違い、そのことに戸惑っているのだろう。

これはちょっと込み入った話になりそうだと考えたユウリは、いったん会話を切り上げ、マクケヒトと話し込むシモンに声をかけた。

「話し中にごめん、シモン」

「いいけど、なんだい？」

「僕、ちょっとの間、理生と二人で話したいんだけど、いいかな？」

「構わないよ」

一瞬、興味を惹《ひ》かれたような顔をしたシモンだったが、そこは大人としての余裕を見せながら言う。

「それなら、僕は裏山のほうを散歩してくるから、一時間後に講堂の前で会おう」

「わかった。ありがとう」

そこでユウリが、理生と連れ立って薬草園《ハーブ》へと出ていく。

四季折々の花が咲く薬草園は、在校中に、ユウリがよく手入れを手伝って土台を作り上げた場所である。

その成果かどうか、ここにはいつも清浄な気が満ちていた。

今も、そうだ。

葉を揺らしてそよぐ春風。

蜜《みつ》を集める蜂《はち》の羽音。

なにもかもが心地よく、穏やかな時間が流れていく。

しばらくして、ユウリが日本語に切り替えて尋ねた。

「それで、理生。いったいなにを悩んでいるって?」

ユウリと二人きりになったとたん、緊張の糸が解《ほど》けたらしく、理生が肩の力を抜いて
「それが……」と同じく日本語で応じる。

外国での生活にもずいぶんと慣れてきた様子の理生ではあったが、やはり同郷の空気を醸し出すユウリと話すのは、なによりも安心できるらしい。加えて、理生が密《ひそ》かに一人で抱え込んでいる問題——つまりは、日々、人知れず異世界とのちょっとした格闘をしなければならないことを隠さずにいられる相手というのは、それだけでありがたいのだろう。

続きをうながすまでもなく、畳みかけるように理生が告げた。

「実はこのところ、構内でなんとも嫌な気を感じるようになっていて……」

「嫌な気か……」

心当たりのあったユウリも、悩ましげな表情になって訊《き》き返す。

「でも、正体は、まだつかめていないんだね？」

「はい」

認めた理生が、「ただ」と続けた。

「もしかしたら、この学校に魔界のものが侵入したかもしれません」

「魔界のものって、いわゆる『悪魔』ってこと？」

「はい」

「そうか——」

投げ出された問題を吟味するように考え込んだユウリが、確認する。

「ちなみに、そう思う根拠は？」

「根拠といえるかどうかはわかりませんが、どうやら、そいつは、例の仙界の桃の木にできた結界のほつれを通ってきたわけではないらしく、おそらく、この学校にいる誰かの呼び出しに応じて現れたのではないかと……」

話題にあがった「仙界の桃の木」というのは、まさに理生が抱える桃里家の使命に関《かか》わるもので、今現在、セント・ラファエロでは、そこにできた結界のほつれを通り、さまざまなものが異界からやってくるようになっていた。

理生は、それらのものに対処するためにここにいるので、そこを通ってきたものを相手にするのであれば、それ相応の霊的補助も受けられるのだが、相手がまったく違う経路で入ってきたとなると、なかなか対応が難しいということだ。

だが、セント・ラファエロというのは、もともと「湖の貴婦人《ダームデュラック》」という妖精のテリトリーとして栄えた場所であり、ユウリの在学中から異界との扉が開きやすい場所であったため、召喚魔術や、それこそネクロマンシーなどが成立しがちな傾向にあった。

ユウリが言い換える。

「つまり、誰かがこの学校で召喚魔術を行った?」

「あ、えっと、西洋的な専門用語はわかりませんけど、たぶんそう」

うなずいた理生が、「ちなみに、この前、アーロが」と、彼が懇意にしている土地神的な存在の名前をあげて続ける。

「裏山の手前の平地に奇妙な円形の図形が描かれているのを見つけて……。彼曰《いわ》く、『魔法円』というものらしいです。——これなんですけど」

言いながら、理生がスマートフォンを取り出して画像を見せてくれる。

「ああ、たしかに」

確認したユウリが、言う。

「これは、魔法円だ。——ということは、やっぱり、この学校で召喚魔術をやった人間がいるんだな」

科学万能主義だった時代を通り越し、昨今はゲームや映画を通じて、異世界や魔法などがふたたび身近な存在になりつつあった。それに伴い、若者が冗談やひやかしでその手の儀式をするケースが増えてきている。ナタリーが行ったというネクロマンシーも、そのような軽薄さの延長だろう。

ただ、本来、魔術というのは、自然界への畏敬《いけい》の念の表れであり、そこには不可侵ともいうべき神聖さが存在した。

人が覚悟なくして触れてはいけない禁域としての、魔術。

ゆえに、そんな敬いや畏《おそ》れを失《な》くしたまま、素人がおふざけで魔術に触れるのは、とても危険な行為であった。それでなくても、見えない世界を感知する能力は、現実世界との繋がりを薄め、人を奈落《ならく》の底へとまっしぐらに落とす可能性を秘めている。

現実と非現実の境界線。

境目の喪失は、自己の存在すら曖昧《あいまい》にしていく。

妄想。

譫妄《せんもう》。

精神的失調。

超人的な能力を秘めたユウリだからこそ、その危険性を熟知していて、彼は常に自分の足元には永劫《えいごう》の闇《やみ》がぱっくりと口を開いているのを意識していた。

落ちたら最後、二度と這《は》い上がっては来られない闇だ。

「召喚魔術か……」

言いながら、ユウリは先ほど校舎の前で感じた禍々しさについて考えていた。

（そうなると、やっぱりあれは僕の勘違いなどではなく、こっちに紛れ込んだ魔界のものの気配だったのかも……）

と、その時。

あたりに、なんとも不穏な空気が漂った。

顔をあげたユウリと理生が、同時に同じ方向に視線をやる。

非常に禍々しい気だ。

しかも、その一瞬、とてつもないパワーが放たれ、それが波動となって彼らのいるところまで届いてきたような感じであった。

負のエネルギーの放射――。

「――なに?」

苦しそうにつぶやいた理生が、不安そうな目でユウリを見る。

「フォーダム、今のは?」

だが、ユウリにだってすべてがわかるわけではなく、同じように不安を隠せずに応じた。

「わからない……」

「しかも、裏山のほうからでしたよね?」

「そうだね」

そう言う彼らが気にしているのは、先ほど、シモンが「裏山のほうを散歩してくる」と言っていたことだった。

なにもなければいいのだが――。

(……シモン)

なんとも嫌な予感にとらわれたユウリが、走りだしながら言う。

「ちょっと様子を見てくる」

「あ、それなら、僕も」

あとをついてこようとした理生を、ユウリが振り返って止める。

「いや、君は戻ったほうがいい。もうすぐ本番だろう?」

「そうですけど……」

速度を落とした理生に、ユウリが離れていきながら安心させるように告げた。

「僕は大丈夫だから、舞台、がんばって——」

3

ユウリと理生が薬草園に出ていったあと、シモンはそのまましばらくマクケヒトとのおしゃべりを続けた。

「――実際、先生の目から見て、リオはこの学校に馴染《なじ》んでいると思いますか？」

「そうだね。それなりにやっていると思うよ。ただ、ユウリと違って、彼は意図して人を寄せつけないようにしているところがあるから」

「意図して……」

繰り返したシモンが、「それは」と確認する。

「なぜでしょう？」

「さあ。僕も詳しいことは知らないけど、なんか家の事情がありそうだから、本来は和気あいあいとしたくても、なかなかそうはできないのかもしれない。――とはいえ、どこか自分の運命を受け入れているような大人っぽさもあるし、なんだかんだ寛大な友だちもできているから、まあ、これからだろう」

「へえ」

シモンが考え込むように紅茶のカップに視線を落とすと、「ちなみに」とマクケヒトが付け足した。

「僕が知る限り、いちばん仲が良さそうなのは、メイヤード家の人間だよ」

「メイヤード？」

「うん。アシェル・ユージーン・メイヤードといってね」

そこで「ああ、そういえば」と言いながら、マクケヒトは軽く青紫色の目を細め、興味深そうにシモンの顔を見ながら続けた。

「ちょっと君に雰囲気が似ている。ただ、一見華やかではあるけど、君のような王者の風格は、今のところなりを潜めていて、むしろ学究肌っぽい静けさの持ち主だよ。——王者の風格という点では、リオのルームメイトの一人であるレジナルド・リー・マッキントッシュが、それに当てはまる。もっとも、こっちはこっちで、今はまだ一国の主というよりは、切り込み隊長めいた王者に過ぎないけどね」

なかなか辛辣であるのは、マクケヒトの中に、それだけ在学時のシモンを称揚する気持ちがあるのだろう。

シモンが、おもしろそうに笑う。

「メイヤードにマッキントッシュか」

シモンとゆかりのあるマッキントッシュ・メイヤード家の、それぞれ母体となる家系の人間が、これまたユウリと多少の縁がある桃里理生のまわりにいる。

これは、なんの因果であるのか。

そんなことを思ううちにも、舞台から転げ落ちてケガをした生徒が担架で担ぎ込まれてきたため、急に慌ただしくなった医務室をあとにして、シモンは宣言どおり、一人で散歩に出かけた。

先に講堂に行っていてもよかったのだが、人の多いところに出れば、また挨拶の嵐《あらし》になるのはわかりきっていて、それは避けたい。社交は得意なほうではあるが、得意だから好きとは限らないだろう。

好きか嫌いかで問われたら、シモンはむしろ嫌いだ。

シモンが好きなのは、ユウリと過ごすような静かで穏やかな時間である。

ということで、シモンは勝手知ったるなんとやらのごとく、人混《ひとご》みを避けるように寮エリアのほうへと足を向けた。

生徒たちのプライベート空間である寮エリアには、卒業してからほとんど足を踏み入れていない。全部で五つある寮には、当然ながら、関係者以外は学校側の許可がなければ入れないし、入るような用事もなかった。

ただ、寮の前の道は通行止めになっているわけではないため、歩こうと思えば部外者でも歩くことができる。

そこで、青春時代を過ごしたヴィクトリア寮を横目に、シモンはさらに奥へと進む。

そのあたりまで来ると人の気配はほとんどなく、シモンの足は自然と、かつてユウリと一緒に歩いた散歩道へと向く。

（ここを散歩するのは、在校時以来だな……）

木漏れ日が差し込むのどかな午後。

景観は以前とさほど変わっていないとはいえ、やはり年月が経ったことで、木々が成長し、シモンたちがいた頃の雰囲気とは少し趣が異なる。

そんな違いを楽しみつつ歩いていると、やがてぽっかりと開けた平地に出た。

と——。

そこに一人の生徒がこちらに背を向けて立っていたため、シモンはハッとして歩みを止めた。こんなところに人がいるとは思っていなかったので、まずはそのことにびっくりしたのだが、よくよく見れば、立ち尽くす生徒の足元に人が倒れている。

（え……？）

驚いたシモンは、慌てて近づきながら、さらに観察する。

全容は見えなかったが、倒れているのは生徒ではないようだ。革靴の底と仕立ての良さそうなズボンの裾《すそ》が見えているので、おそらく来訪者だろう。今日が春祭であることを思えば、在校生の保護者である可能性が高い。

（親子……？）

わからないが、ある程度状況を把握したシモンが、立っている生徒に向かって声をかけた。

「君、大丈夫かい？　――それに、彼は？」

もめごとでもあったのか。

それとも、単に人が倒れているのを見つけて驚いているだけか。

どちらにせよ、この状況でその場から動かずにいる生徒が茫然自失《ぼうぜんじしつ》の体《てい》でいるものと思い込んでいたシモンは、手を貸すためにそばに寄った。

生徒のことも心配だったし、なにより、倒れている男の状態が気になる。

生きているのか。

死んでいるのか。

だが、近づいていく途中から、シモンは心のどこかでなにかが変だと感じ始めていた。

悲鳴をあげるでもなく佇《たたず》む生徒。

はっきりとはわからないが、この場に漂う雰囲気に、なにかとてつもないエラーが潜んでいるように思えて仕方ない。

（いったいなにが――）

違和感の正体がつかめないまま、その生徒に並んだシモンは、まずは倒れている男性の様子を観察する。

顔が紫色に変色し、生きてはいないようだ。

(まさか、本当に死んでいるのか……)

しゃがみ込み、頸動脈《けいどうみゃく》に指を当てるが、鼓動は感じ取れない。

やはり死んでいるらしい。

急いで救急に通報しようとスマートフォンを取り出したシモンが、ここにきてようやく佇んでいる生徒に声をかけようと顔をあげる。

「君。ここでいったいなにが――」

だが、その声が途中で止まる。

こちらを見おろす生徒の顔。

それは、間違いなく人間の顔だ。

しかしながら、そこにあるのは、人間のものとは思えないほど邪悪ななにかに満ちていた。

全体が奇妙に歪《ゆが》んだ表情。

落ちくぼんだ眼窩《がんか》。

その奥の瞳は真っ赤に染まっていて、尋常ならざる禍々しさを秘めている。

とっさに凍りついたシモンに対し、その生徒が地の底から響くようなしゃがれた声で言った。

「もう遅い。その男は死んでいる。――そもそも、とっくに死んでいてもおかしくなかったわけだしな」

「……とっくに？」

ふだん、たいていのことでは動じないシモンが、この時ばかりは動揺を隠せずにかすれた声で応じる。

「なぜ、とっくに死んでいてもおかしくないと？」

「契約期間が過ぎていたからだ」

「契約……」

それは、どんな契約であるというのか。

（契約期間が過ぎると、命の保証がないなんて――）

常識的には考えにくい。

（あるとしたら……）

それらすべての状況を考え合わせると、なんとも邪悪でいびつなものをシモンは想像してしまう。

だけど、そもそも、この生徒はいったい何者であるのか。

死者を前に平然と話す生徒を、シモンがいぶかしげに誰何《すいか》する。

「さっきからおかしなことばかり言っているようだけど、君は誰なんだ？　制服を着ていても、ここの生徒ではないね」

決めつけたあと、倒れている男を顎《あご》で示して「それに」と続けた。

「彼とは、どういう関係なんだ？」

それに対し、憐《あわ》れむように笑いつつ、生徒は言い返した。

「言ったように、愚かにも借金を踏み倒そうとした者と、それを取り立てようとしている債権者にすぎない。もっとも、取り立てるのは金ではないがね。そんなものは、吾《われ》にとってなんの価値もないからな。――吾は、吾のものをもらいに来ただけだ」

「金ではない……」

だとしたら、なにを取り立てに来たのだろう。

そこで、知らず知らずのうちに、シモンの視線が足元に横たわっている男の上に注がれる。

（命……？）

おそらく、そういうことなのだろう。

ゾッとするような声といい話す内容といい、事ここに至って、さすがのシモンもこの状況が尋常ならざる事態であることをはっきりと認めざるを得なかった。

ここにいるのは、ただの生徒ではない。

（ただの生徒ではなく――）

思ううちにも、生徒がシモンのほうに手を伸ばしながら続けた。

気のせいではなく、身の毛のよだつような嫌な空気が爆発的にあたりに満ち、シモンの背中を冷たいものが這う。

「さらに言うと、他にも、吾のものを取り返しに来た者がおる。それは取り立てに向かったまま、いっこうに戻る様子がなく、なかなか重宝していただけに、難儀しておる。こうしてみずから取り立てに出向く羽目になったのも、ひとえにそのせいだ。——そなたに、この苦労がわかるか？」

そんなことはわかりたくもなかったが、相手がこちらの同意など必要としていないのは明らかで、シモンも特にコメントをしないでおく。

「だから」と相手が続けた。

「もし、失くしものが見つからないようなら、そうだな……」

まるで「赤ずきん」に出てくる狼《おおかみ》のように、シモンのほうを舌なめずりしながら見やった相手が、「代わりに」と恐ろしげに宣言した。

「そなたを連れていこう」

言葉と同時に、鉤爪《かぎづめ》のように先のとがった生徒の指が襲いかかる。

とっさに飛《と》び退《の》いたシモン。——だが、間に合わず、あわや、その爪がシモンの首筋に食い込もうとした、次の瞬間。

「シモン！」

凛《りん》と涼やかな声が響き、なにかが空気を切り裂いて飛んできた。

それは、生徒の鉤爪に当たってキインと金属音を響かせ、大きく火花を散らせる。

強烈な閃光《せんこう》――。

その場に踏みとどまって腕で顔をかばったシモンとは対照的に、襲いかかろうとしていた相手は「ギャッ」と悲鳴をあげ、見えない力で投げ飛ばされたかのように背後に吹っ飛んだ。

そのまま、地面の上をゴロゴロと転がっていく。

と、距離の空いた二人の間に、誰かが飛び込んできた。

「――シモン、大丈夫？」

ユウリだ。

ユウリは、シモンの身を案じながらかばうように両者の間に立つ。

そんなユウリに、身体《からだ》を起こした相手が憤りの視線を向けてくる。その手からはシュウシュウと煙があがっていて、どうやら先ほどの火花で火傷《やけど》を負ったらしいと知れた。

患部を押さえながら、相手が憎々しげに言う。

「――天界の犬か」

それから視線をユウリの足元に落とし、草の間で光っている腕輪に向けた。

それは、ふだんユウリの左手首にはまっているお守り《アミュレット》である。

赤と黒と白の糸で織られたその腕輪には、ところどころ小さな真珠がついていて、それが草の間で光り輝いているのだ。ユウリがこれまで異界のために身を挺《てい》して行ったことへの返礼品であり、今見たように、かなり強力な守護の力が働いている。

ゆえに、魔界のものは触れるとケガをするし、弱いものなら消滅する。

しかも、ユウリが腕にはめたとたん、消えるように見えなくなるため、いつもはそれを身につけているようには見えないのだ。実際、今も、ユウリが拾い上げているうちに、それは輝きを増しながら、ユウリの腕に溶け込むように消え去った。

それを疎ましげに眺めつつ、相手が続ける。

「いらんオモチャを振り回しおって。吾に喧嘩《けんか》を売る気か？」

なんともおどろおどろしげな声。

それでなくても悪意が凝縮されたような耳障りな声で、身体の芯《しん》からゾッとさせられるものであったが、ユウリは怯《ひる》まずに応じた。

「必要ならいつでも――。そもそも、先に喧嘩を売ってきたのはそちらでしょう。でも、なにがあろうと、シモンには指一本触れさせません」

断言したあと、煙るような漆黒の瞳を翳《かげ》らせて付け足した。

「だいたい、なぜ契約もしていないのに、シモンを連れ去ろうなんて……」

かくいうユウリには、すでに相手の正体がわかっていた。さすがに名前まではわからないが、状況から見て、間違いなく召喚魔術で呼び寄せられた悪魔だ。それが、この生徒を操っている。

逆にいえば、この生徒こそが召喚魔術を行った張本人で、ユウリが懸念したとおり、魔術に対する心構えが甘く、その腕前の拙《つたな》さによって呼び出した悪魔に取り憑《と》かれてしまったのだろう。

悪魔がほくそ笑んで言う。

「言ったように、吾は吾のものを取り返しに来ただけだ。そして、来たからには、手ぶらで帰る気はない」

「そんな勝手な——」

憤ったユウリが、きっぱり言い切る。

「でも、繰り返しになりますが、契約もしていないのに、人間を魔界に連れ去ることは許されないはずです」

「たしかにな」

認めた悪魔が、「だが」と嘲《あざけ》るように応じた。

「こやつは別だ」

「別？」

「そうだ。こやつは、いわば、カタツムリの這ったあとのようなものだからな。直接の権利はなくとも、あとを辿れば行使はできよう。――ということで、いいか、よく聞け」

戸惑うユウリをよそに、悪魔は身勝手に宣言した。

「吾が失くしものが戻らぬ時は、その者の魂を代わりに持ち去ることにする。――それが嫌なら、そなたらが吾のものを探し出して持ってこい」

4

同じ頃。

遠く離れたロンドンでは、「アルカ」にふらりと現れたアシュレイが、右を見て、左を見て、そのあとで店番をしていたミッチェルに問いかけた。

「――あいつは？」

それに対し、骨董品《こっとうひん》の入れ替えをしていたミッチェルが、呆《あき》れたように応じる。

「なんだ、アシュレイ、久々に来て、第一声がそれかい？」

つややかな栗色《くりいろ》の髪。

すらりとした長身。

光の加減で色の変わるセピアがかった瞳を持つミッチェルは、物腰が柔らかく古風な感じがする人物だ。複雑な事情を抱える「アルカ」では表の看板を担い、その好ましい見た目と魅惑的な人柄で、あれよあれよという間に固定客を増やしてきた。

実際、顧客の大半はミッチェル目当てに通ってきているようなもので、なかなかの人たらしであるのは誰もが認めるところである。

そして、そんな彼だからこそ、常識破りのアシュレイや神秘的なユウリの間という微妙な立ち位置にいてもトラブルを起こすことなく、うまく馴染んでいるのだろう。

商談用のテーブルに向かうアシュレイが、「他に」と問い返す。

「俺になにを言えって?」

「それは、いろいろあるだろう。たとえば、『やあ、ミッチ』とか、『久しぶりだな』とか、『調子はどうだ?』とか」

ありきたりな挨拶言葉をあげたミッチェルに対し、面倒くさそうに眉《まゆ》をひそめたアシュレイがのたまう。

「初級英会話じゃあるまいし、どれもわかりきっていて、言うだけ無駄だな」

「そうかもしれないけど、いちおう、僕だってここにいるんだから」

「そんなの、見りゃわかる」

その端的な突っ込みに思わず笑ってしまったミッチェルが「……まあ、いいけどね」と諦《あきら》めの言葉を口にして身を翻した。

「君も、お茶を飲むだろう?」

「ああ」

そこでバックヤードへと足を向けながら、思い出したように「あ、そうそう」と最初の質問に戻って答えた。

「フォーダムなら、今日は休みだよ」

「休み？」

「なんでも、母校でやる春祭に顔を出すとかって」

「——は？」

拍子抜けしたように応じたアシュレイを残して、ミッチェルはいったん姿を消した。

ややあって戻ってきた時にはお盆に載せた二人分の紅茶とクッキーを手にしていて、それらを商談用のテーブルの上に並べていく。ただ、テーブルの上には、先ほどまではなかったはずの見慣れない羊皮紙があり、畢竟《ひっきょう》、それを避けて置く必要があった。

おそらく、アシュレイの戦利品かなにかだろう。

羊皮紙に注意を向けていたミッチェルの前で、アシュレイが不服そうに訊く。

「——で、なんで、今さら春祭なんだ？」

話題を蒸し返されて苦笑したミッチェルが、「ちなみに」と教える。

「ベルジュも一緒だよ」

その一瞬、小さく天を仰いだアシュレイに、ミッチェルが訊く。

「でも、そういえば、君だって卒業生だろう。——行かなくていいのかい？」

「当たり前だ。卒業して何年経つと思っている」

つまり、今さら足を運ぶ意味がわからないと言いたいのだろう。

たしかに、卒業して一、二年くらいは、顔見知りの後輩の雄姿を見るために母校を訪れることはあっても、年月が経つにつれ自然と足が遠のくものだ。ミッチェルも同じで、彼自身の母校の学園祭に今さら行くことはない。

アシュレイが皮肉げに「まさか」と付け足した。

「あいつら、過去を懐かしむあまり、自分たちが卒業していることを忘れたとか？」

「そんなわけ、ないだろう」

一瞬吹き出しそうになったミッチェルが教える。

「フォーダムが身元引受人になっている子のためだよ。日本にいる両親に代わって、しっかり彼の活躍を見届けてくると、昨日、張り切っていたから」

「——ああ。桃里理生か」

その存在を失念していたらしいアシュレイが、「なるほどね」と納得する。

そんなアシュレイを見返し、ミッチェルが「で？」と尋ねた。

「そういう君こそ、ここしばらく店をほっぽり出して、いったいどこをうろついていたんだい？」

アシュレイは、この店のオーナーであるが、そもそも売り上げを度外視して存続させているため、店には気まぐれで立ち寄ったり立ち寄らなかったりする。

だから、ふだんの彼がどこでなにをしているかは謎《なぞ》であり、今も、答えは素っ気ない。

「どこでもいいだろう」

「そうだけど、これを探しに行ったとか？」

邪険にされても気にしないミッチェルが、羊皮紙を覗《のぞ》きこみながら言う。

「……見たところ、契約書のようだね」

「ああ」

「マシュー・バイヤールと、こっちはさっぱり読めないな。――何語だろう？」

首を傾けながら言うミッチェルが、顔をあげて尋ねる。

「触ってもいいかい？」

「構わないが、気をつけろ」

「わかっているよ」

許可を得て羊皮紙を手に取ったミッチェルが、少し不服そうに付け足した。

「忘れているようだけど、いちおうこれでも骨董のプロだから」

「へえ？」

からかうように応じたアシュレイが見守る前で、ミッチェルが羊皮紙を検分する。

「残念だけど、さほど古いものではないね。この羊皮紙が作られて一世紀は経っていないように見える。――ただ、内容が、二十年後に魂がどうのって、まるで悪魔との契約書みたいだ」

それに対し、アシュレイが淡々と認めた。

「悪魔との契約書だからな」

「――え？」

冗談で言ったつもりが肯定されてしまい、ミッチェルが目を見開いて羊皮紙をマジマジと見おろした。

「これ、本当に悪魔との契約書なんだ？」

「らしいな」

「つまり、ここに書かれている記号みたいなのは、悪魔のサイン？」

「そういうことになる。――ただし、かなりマヌケな悪魔だが」

「マヌケ？」

悪魔の悪口を言うことに抵抗を感じたのか、繰り返したあとで若干周囲を気にしたミッチェルに、アシュレイが説明する。

「なにせ、せっかく契約しておきながら、肝心の取り立てを忘れてしまったようで、このマシュー・バイヤールというラッキーな男は、二十年が過ぎた今でも、ピンピンしているからな」

「ふうん」

相槌《あいづち》を打ったミッチェルが、「だとしたら」と認めた。

「たしかに、マヌケかもしれないね。――でなければ、まあ、こっちが正解だろうけど、これが世に溢《あふ》れている作り物ってことだ」

どこか揶揄《やゆ》する口調。

だが、次の瞬間――。

ボッと。

火の気もないのに、手にした羊皮紙が燃え上がり、ミッチェルが驚く。

めらめらと立ちのぼった炎が、ミッチェルの手を襲う。

「うわ！　なんだ？」

「あちっ」

そのままだと火傷を負いそうだが、かといって、手を離すわけにもいかない。

しかも、慌てたせいでとっさに空中で振り回してしまい、火勢が増す。

「あちち、あちって。――アシュレイ、なんとかしてくれ！」

助けを求めるミッチェルに対し、アシュレイが床に置いてあったブリキ製のゴミ箱をスッと差し出した。

すぐさま手を離したミッチェルの前で、炎に包まれた羊皮紙が落下する。

間一髪。

「助かった――」

熱を冷ますように手を振りながらゴミ箱を見つめるミッチェルに、アシュレイが横から淡々と言う。

「だから、『気をつけろ』と言っただろう」

「――は？」

人が火傷しかけたというのに心配する素振りもない相手に、カチンときたミッチェルが不満げに言い返した。

「そんなこと言って、誰も羊皮紙が突然燃え上がるとは思わないだろう」

「そうか？」

高飛車に応じたアシュレイが「俺からすれば」と続ける。

「あんたの認識が甘い」

「なら、君にはこうなることがわかっていたというのか？」

「まさか」

そこは否定され、ミッチェルが拍子抜けしたように応じる。

「なら、なんで、そんなに偉そうなんだ？」

「別に偉そうにしたつもりはない」

片眉をあげて応じたアシュレイが、「ただ」と続ける。

「いちおう俺は忠告したし、あんたはそれを適当にあしらった。――その事実を告げているだけで」

「そんなの、僕だって適当にあしらったつもりはないし、そもそも、なんで急に燃えたんだろう?」

アシュレイと言い合いをしたところで勝ち目はないので、すぐに頭を切り替えて疑問を呈したミッチェルが、「明らかに」と事実確認をする。

「自然発火だったろう?」

「そうだな」

認めたアシュレイが、「原因として考えられるのは」と推測する。

「インクに使われていた薬品が、空気中の酸素に触れて化学反応を起こしてしまったってことだが……」

「今さら?」

「たしかに、二十年以上なにもなかったのに、『今さら』という疑問は残る」

「だよな」

ミッチェルが、ゴミ箱を揺らしながら燃えカスとなった契約書を見つめて続ける。

「もしかして、なにか時限装置のようなものでもついていたのかな?」

「それもあり得なくはないが、それより、その契約書はやはり本物で、不要になったがために自然消滅したとも考えられる」

「不要になった?」

その意味するところをしばらく考えていたミッチェルが、「あ、まさか」とつぶやき、目を丸くしてアシュレイを見つめる。

「それって、つまり――」

「ああ、そうだ。この瞬間に、遅れていた取り立てが終了した」

認めたアシュレイが、「もちろん」と続ける。

「調べてみないことにはわからないが、おそらく、マシュー・バイヤールは、すでにこの世の者ではなくなった可能性が高いってことだよ」

第三章　カタツムリの軌跡

1

マシュー・バイヤール。

それが、死んだ男の名前だった。

「……やっぱり、保護者の一人だったんだね」

ロンドンに戻る車の中で、助手席に座るユウリが残念そうにつぶやいた。

あのあと、当たり前だが、それなりの騒ぎとなり、ユウリもシモンもやるべきことに追われることとなった。ゆえに、今、こうしてようやくその件についてゆっくり話す時間ができたのだ。

それまでの簡単な経緯はというと、まず、シモンの通報で救急車両がやってきて、倒れていた男の死亡が確認された。幸い、その場で事件性はないと判断されたため、開催中の春祭が中止に追い込まれることこそなかったが、中には救急車両や警察車両を見て動揺する生徒もいて、最終的に急病で倒れた保護者がいるというアナウンスがされたことで、構内での大きなパニックは避けられた。

そこで、ユウリは理生《りお》の出番をしっかり見届け、一方のシモンは、遅れてやってきた警察官から事情聴取を受けることとなり、理生の雄姿を見そびれた。聴取の際には、例の取《と》り憑《つ》かれていた生徒のことを可能な範囲で伝え、結果、その生徒がダーウィン寮《ハウス》のエリオット・キャンベルであることが判明した。

正直なところ、あの状態の彼を学校側や警察がどうとらえるかがわからず、シモンとしては話題にするかどうか悩むところであったが、心配するまでもなく、体力を消耗したのか、キャンベルは自室のベッドに横たわり、特に怪しい素振りは見せなかったようだ。

悪魔の考えていることはわからないが、隠《かく》れ蓑《みの》として使うのに、ここで騒ぎを起こすのは得策ではないと判断したのかもしれない。

そうして帰り道、シモンの運転に身を任せたユウリが、助手席から問う。

「そういえば、亡くなった方の死因ってわかったのかな？」

「わかったよ」

軽やかに車線変更しながら、シモンが応じる。こうした車の運転一つとっても、シモンというのは動作が優美で品が良い。

「今後、検死解剖は行われるだろうけど、臨場した監察医の判断は心臓発作だった」

「心臓発作」

「まあ、ちょっとご年配の方のようだったから」

マシュー・バイヤールは保護者といっても、ユウリと同じで、海外にいる両親に代わって孫の活躍を見に来た祖父であったらしい。ということは、どんなに若くても五十代で、六十代、七十代が一般的だ。

「つまり、本当に自然死だった可能性もあるんだね」

ユウリが言いたいのは、原因が悪魔——ひいては、悪魔に取り憑かれているキャンベルにあるのではないということだ。

「う～ん、それはどうだろう」

シモンが、慎重に答える。

「僕には、悪魔の力のほどがよくわからないけど、彼らが自然死を誘発させることができるのだとしたら、今回のバイヤール氏の死が、必ずしも本当の意味での『自然死』とは言い切れないし」

「ああ、そうか」

目を伏せて納得したユウリが、「だけど、それだと」と言う。

「亡くなったバイヤール氏が、過去のどこかで、こうした結果を招くようななにかをやっていたことになる」

「まあ、そうだね」

ボンネットの先を見つめたまま、シモンが続ける。

「もし、君が、バイヤール氏がかつて悪魔と契約を交わしたのではないかと言いたいのなら、残念ながら、答えは『イエス』だろう。実際、あの悪魔がはっきりとそう主張していたのを、君も聞いただろう？」

「……うん」


吾《われ》は吾のものを取り返しにきただけ――


たしかに、悪魔はそう口にしていた。

「でも、それだと、この結果は覆らない」

ユウリが嘆くように言った。

つまり、これが正当な取引であるなら、悪魔の手に渡った魂を救うのは難しいということだ。少なくとも、よほどのきっかけがない限り、たとえユウリの絶大な力をもってしても、救うことはできない。

シモンが運転しながらチラッと横目でユウリを見やり、慰めるように言った。

「まあ、それも、悪魔の言葉を信じての話だけど……。どちらにせよ、君が気にするようなことではないよ。万が一にも救うに値するというのであれば、きっと上がなんとかしてくれる」

「上」と言いながら、シモンが片手で天井を指さす。もちろん「天」や「神」の領域を示しての言葉であった。

「うん。……わかっている」

うなずいたユウリに、シモンが「問題は」と提言する。

「キャンベルのほうだろう」

それから「今さらだけど」と確認した。

「あの場にいたのは悪魔で、キャンベルは取り憑かれていたんだろうね？」

ユウリのように霊能力が高く、ほぼ日常的にそういうものに触れているのと違い、シモンは基本的にその手のものとは無縁だ。シモンのように陽のエネルギーに満ちている人間のそばには、陰の存在は寄ってきにくいのだろう。

だから、もし、ユウリと知り合うことがなければ、シモンの輝かしい人生に、いわゆる「超常現象」と呼ばれるようなものが入り込む余地はなかったはずだし、今回の現象にしたって、きっと科学的な解明ができると疑わず、その向こうに悪魔の存在など絶対に認めなかったに違いない。

ユウリが、気持ちを切り替えるように顔をあげて断言する。

「それは、間違いないよ」

実際、ユウリはその存在を肌で感じたし、理生のこともある。

そこで、ユウリは理生の話をシモンに伝えた。

「実は、この学校で最近、召喚魔術を行った生徒がいるらしく、悪魔の侵入を受けた気配は、理生もしっかり認識していたんだ」

「ああ、もしかして、二人で話したいというのはそれだった？」

「うん、そう」

「なるほどねえ」

苦笑したシモンが、「召喚魔術か……」とつぶやく。

実際、子どもというのはオカルトやファンタジーが大好きで、ユウリとシモンが在籍していた頃も、その手の儀式はかなり頻繁に行われていた。もちろん、大半が、真剣に悪魔を呼び出そうというものではなく、好奇心や度胸試しにすぎない。

ただ、世に「悪魔憑き」と呼ばれる現象に悩まされるのは、たいていが、その手の火遊びを発端としていることも事実であった。

ユウリが説明する。

「ただ、もしキャンベルが悪魔と取り引きするところまではいかず、単に儀式の途中で呼び出した悪魔に取り憑かれてしまっただけなら、バイヤール氏のように強制的に連れ去られることはないと思うんだ」

「それは、ひとまず死ぬ運命にはないってことだね？」

「……たぶん」

そこは自信がなさそうに肯定し、ユウリが「ほら」と続ける。

「セオリーとして、契約書がない限り、悪魔は人間の命や魂を勝手にどうこうすることはできないはずだから」

「たしかにね」

キリスト教的な考え方からすれば、人の魂は神のものであり、それは何人《なんぴと》たりとも侵すことができない。例外は、みずからの意思でその庇護《ひご》のもとから出た場合で、自殺や悪魔との契約などが挙げられる。

ユウリが「でも……」と懸念を示す。

「ああやって取り憑かれている間は、身体《からだ》にものすごい負荷がかかるはずだから、病気なんかと一緒で、それが心身を衰弱させて命を落とすことはあるかもしれない」

「つまり、時間が経《た》つにつれ、キャンベルの命も危《あや》ういってことか」

「うん」

煙《けぶ》るような漆黒の瞳《ひとみ》を翳《かげ》らせたユウリが、「それだけは」と続ける。

「避けたいところだよね」

「……まあね」

いちおう同意はするが、それでユウリが危険な目に遭うというのなら、少々考えものだと、シモンは薄情にも考えてしまう。

なんといっても、もとはといえば、本人が愚かなことをしたからいけないのであって、自分の行動の責任は自分で取る。シモンにしてみれば自明の理であり、少なくとも、ユウリがそれを肩代わりしてやる必要はまったくない。

もちろん、人は失敗する。

それをフォローするのは、シモンだってよくやるし、逆に失敗をフォローしてもらうこともたくさんあった。

そうやって助け合い、互いに成長できるのはいいことであるが、限度もある。

関《かか》わるべきこととそうでないこと。

それは、慎重に選んでいく必要があるだろう。

そんなシモンの思いとは裏腹に、ユウリが「どっちみち」と不安そうに告げた。

「悪魔の欲しているものを早く渡して帰ってもらわないと、今度はシモンが……」

「ああ、そうだったね」

当事者のくせにケロッとした様子で肩をすくめたシモンを見やり、ユウリのほうが動揺を隠せずに言う。

「悪魔の欲しているものって、なんだろう？　それに、なぜ彼は、シモンのことを身代わりに連れていけるなどと主張しているんだろう？」

「さあ。どうしてだろうね」

淡々と応じたシモンが、「もっとも」と続けた。

「『なぜ僕を？』というのは本当にわからないけど、相手が欲しているものならわかっているよ」

「え、そうなんだ？」

「うん」

意外だったユウリが目を丸くする横で、シモンが説明する。

「あの時、君が飛び込んでくる直前、悪魔自身が言っていたんだよ」

「なんて？」

「それが、おそらく、彼の使いかなにかについての話だと思うけど、とにかくそのなにかが、『取り立てに向かったまま、いっこうに戻る様子がなく、なかなか重宝していただけに、難儀しておる』ってね」

「難儀……」

「つまり、あの悪魔があの場にいたのは、彼自身が放った使いの代わりであり、戻ってこない使いをみずから探しに来たついでに、その使いが取り立てるはずだった魂の回収をした、というような話だった」

「……へえ」

ユウリが、いささか興味深そうに相槌《あいづち》を打つ。悪魔には悪魔なりの事情があるのだということが、ユウリにはとても新鮮でおもしろかったのだが、今はそんなことに感心している場合ではない。

気を取り直したユウリが、「それなら」と確認する。

「悪魔は、そのいなくなってしまった使いの代わりに、シモンを連れ去ることを考えているんだ?」

「そのようだね」

「でも、そんなことはできないはずなのに——」

ユウリが、困惑気味に考え込む。

繰り返しになるが、悪魔との契約も召喚魔術のような愚行も犯していないシモンの高潔な魂を、なぜ、悪魔は勝手に持ち去ることができると思っているのか。

もしやろうとしたところで、天の摂理に反することであれば、ユウリは絶対に阻止できる自信があった。

それだというのに、相手の言葉が、ユウリを妙に不安にさせる。ただの脅しならいいのだが、そこには、ユウリなどには考えも及ばない秘密がありそうな気もするのだ。

（シモンは、別——）

つまり、シモンは例外ということだ。

その理由としてあげていたことを、ユウリが口にする。

「カタツムリの這《は》ったあと……か」

シモンが、ふたたびチラッと横目でユウリを見て、「それって」と応じた。西日が、そんなシモンの横顔を美しく染め上げている。

「あの悪魔の言っていたことだね？」

「そう」

悩ましげに首をかしげながら、「でも」とユウリがつぶやく。

「それって、どういう意味なんだろう……」

「意味ねえ」

迷うように応じたシモンが、「実は」と告白した。

「それについて、僕のほうに心当たりがなくもない」

ハッとしたようにシモンを見たユウリが、確認する。

「本当に？」

「そうだね。はっきり覚えているわけではないんだけど、そんなようなことを、どこかで聞いた気がするんだよ」

「カタツムリの這ったあとって――？」

「うん」

「ブラウニングの詩以外で？」

細かいことを言えば、ブラウニングの詩では「カタツムリ、枝に這い」だが、どちらもカタツムリが這う情景を連想させる。

「当然。――まあ、それとごちゃまぜになっているせいもあって、記憶が曖昧《あいまい》なのかもしれないけど」

そこで少し考え込んだシモンが、「正確には」と答える。

「『カタツムリの軌跡』だったかな」

「『カタツムリの軌跡』――」

ただ、記憶力抜群のシモンといえども、さすがに、これまでの人生の中で漠然と目にしたり耳にしたりしたものすべてを明確に覚えているわけではないため、すぐにはこれと言えないようである。

ユウリが、急《せ》いたように訊《き》く。

「どこで聞いたの？」

「覚えてない」

苦笑したシモンが、「ただ」と記憶を辿《たど》る。

「イギリスではない気がするから、たぶん、ロワールの城か、あるいはパリのどこかだろうな」

「そうなんだ……」

ユウリとしては早く思い出してほしいところであったが、きっとこうして記憶に引っかかっているだけでもすごいことなのだろう。たぶん、逆の立場なら、夢でサインでももらわない限り、ユウリが思い出すことはないはずだ。

他人事《ひとごと》で落ち込むユウリに対し、シモンが「大丈夫だよ」と慰める。

「ただ、いちおう僕も気になるから、ロンドンに着いたらその足でロワールに戻っていろいろ調べてみるよ」

「――わかった」

今夜は久々にゆっくり食事をする予定であったが、この瞬間、それはキャンセルになったということだ。

ユウリが言う。

「僕のほうでも、なにかできることがないか、考えてみる」

すると、わずかに眉《まゆ》をひそめたシモンが、「うーん」と悩ましげにうなったあと、さりげなく釘《くぎ》を刺す。

「心配してくれるのはすごくありがたいんだけどね、ユウリ。余計なことを言って、あまりアシュレイの好奇心を刺激しないようにしてくれないか」

それが、シモンとしてはいちばん気になるところであった。

謎《なぞ》めいた出来事をユウリと一緒に体験するのをなによりの楽しみとしている無鉄砲なアシュレイがこのことを知れば、絶対に食いついてくるし、当然、危険など顧みず、ユウリに火中の栗《くり》を拾わせようとするだろう。

それだけは、避けたい。

だが、シモンの思惑とは裏腹に、ユウリがシモンのほうを向いて説得する。

「でも、シモン。今はそんなことを言っている場合ではないし、この手のことに関する知識では、アシュレイの右に出る人間はいないから」

「もちろん、わかっているけど、訊く時は自分で訊くよ。だから、ユウリは、大人しく『アルカ』での仕事に注力しているように——」

再度釘を刺し、シモンは、その夜、トンボ返りでロワールへと戻っていった。

2

　夜のうちにロワールの城に着いたシモンを、廊下でばったり出逢《であ》った父親のギョームが驚いた様子で迎えた。シモンほど端整ではないが、その遺伝子が受け継がれたことが明白であるくらいには整った顔をしていて、瞳も青みの濃い水色をしている。

「――やあ、シモン」

「どうも」

　シモンとしては、いろいろ説明するのが面倒で、できれば家族の誰とも会いたくなかったのだが、なぜか、こんな時に限って遭遇してしまうものらしい。城の広さを思えば、万に一つの可能性でしかないはずが、困ったものである。

　バツが悪そうなシモンに対し、父親が訊く。

「てっきり、もうロンドンに戻ったと思っていたが」

「一度は戻りましたよ」

「それなら、なにか忘れものかい？」

「そうですね」

　立ち止まった父親の脇《わき》を足を止めずに通り過ぎながら、シモンが答える。

「昔のおぼろな記憶をちょっと」

「昔のおぼろな記憶……？」

訳のわからないことを告げた息子を、ギョームが首をかしげて見送る。

すると、数歩先で歩みを止めたシモンが、「ああ、そうだ」と振り返って尋ねた。

「ちょっと変なことを訊くようですが、お父さんは、『カタツムリ』と聞いて、なにか思い当たることってありますか？」

「……カタツムリ？」

眉をひそめたギョームが、「たしかに」と認める。

「変な質問だね」

「すみません」

「もしかして、お腹《なか》でもすいているのかい？」

「いえ」

とっさに否定したものの、よくよく考えたらお腹はすいていたので付け足す。

「まあ、少しは」

「ちなみに、夕食は？」

「ユウリとハンバーガーを」

「それはまた、ジャンクなものを――」

食にこだわりのあるフランス人として、息子にはきちんとしたものを食べていてほしい
ギョームが、「今からでも」と提案する。

「食堂で、なにか食べたらいい。――なんなら、用意させようか」

「いえ、必要なら自分で言いますから。でも、ありがとうございます」

シモンは礼儀正しく言って、踵《きびす》を返す。

その背に向かい、ギョームが言った。

「そうそう。『カタツムリ』のことだけど、私のお祖父《じい》さんや大叔父さんなんかはよく、歴代の肖像画のことを『カタツムリの軌跡』と言っていたよ」

ハッとして足を止めたシモンが、ふたたび振り返って確認する。

「本当ですか?」

「うん」

「『カタツムリの軌跡』と?」

「たしか、そんなような表現だった。ご先祖様のどなたかがそう表現したのを受け継いでいるらしいが……」

シモンが思いの外、食いついたので、ギョームが苦笑して教える。

「詳しく知りたければ、お前のお祖父さんに問い合わせてみるといい」

「お祖父さんって、スイスでしたっけ?」

現役を引退し、今は会長職をいくつか兼任しながら別荘地で悠々自適のセカンドライフを送っている祖父――ギョームにとっての父親の居場所を確認され、ギョームは「そう」と答えて続けた。

「家系図の整理をしながら、備忘録を書いているよ。――昔は、どうせ誰も読まないんだから、備忘録ほど無駄なものはないとか言っていたくせに、いざ、自分が引退したら、書き始めるんだからな」

「まあ、人間誰しも、自分の死を意識するとなにかを残したくなるんでしょうね」

そんな感想を述べたシモンは、再度父親に礼を述べると、スマートフォンを取り出して早速祖父に電話する。

数コールで出た秘書に取り次ぎを頼み、待つこと数分。

祖父から折り返しの電話が入った。

『やあ、シモンか』

「はい。ご無沙汰《ぶさた》してます、お祖父さん」

『元気にしているかね？』

「おかげさまで」

『ちなみに、ロンドンからか？』

「いえ。今は用事があってロワールに来てますが、お祖父さんにちょっと訊きたいことがありまして、今、大丈夫ですか？」

『もちろん。時間だけはたくさんあるからな』

「でも、備忘録を書くのに忙しいのでは？」

『忙しくなるほど、書くことはないよ』

自分の言葉に豪快に笑い、祖父は『で？』と続けた。

『なにが知りたいって？』

話しながら図書室に入り、長椅子《ながいす》の一つに座りながらシモンが切り出す。

「知りたいのは、ベルジュ家の先祖についてなんですが、ご先祖様の中で行方不明になったままの人間って、いるんでしょうか？」

『行方不明？』

「ええ。要するに、ある時、なんらかの事情で姿を消してしまい、結局、いつどこで死んだか、わからなくなっている人です」

『なるほど』

理解した祖父が『まあ、それは』と続ける。

『探せば何人かいるだろうな。——特に戦時中は、多いだろう』

「ああ、戦争か……」

つぶやいたシモンに、祖父が尋ねる。

『でも、なんでそんなことを知りたがっているんだ？』

「それは、ちょっといろいろありまして」

言葉を濁したシモンが、話を誤魔化すように「ああ、ついでと言ってはなんですが」と付け足した。

「実は今度、大英図書館が『魔術』をテーマにした企画展をやることになって、うちも協力することになったんです。それで、城の倉庫に眠っている燭台《しょくだい》やゴブレットを貸し出すことにしました」

『おお！』

祖父が、嬉々《きき》とした声をあげて言う。

『あれらが、また日の目を見るのか』

シモンの父親に代替わりする前、ロワールの城のギャラリーには、それらの品々が飾られていた。そのことは、シモンの記憶にもあり、それがこの祖父の趣味であったことは容易に知れる。

そのためだろうが、ついでとばかりに、祖父が電話の向こうで愚痴った。

『私は、あれらの持っている独特の空気感が好きだったんだが、ギョームのやつが、断りもなくいつの間にか片づけてしまって、気づいたらどこにあるのかわからんようになっていたからな』

「そうですね。見つけるのに苦労しましたよ」

苦笑したシモンが、「つきましては」と伝えた。

「展示するからには来歴などの確認が必要で、それぞれについて、ベルジュ家の先祖の誰がいつ頃手に入れたものか、調べるのに協力していただけたらと……」

『それは構わないが、来歴ねえ』

祖父が、悩ましげに続ける。

『結構、厄介だよ』

「わかっています。——調べられる範囲で結構ですよ。いちおう、こちらで鑑定依頼は出したので、おおよその制作年代はわかるはずだし、ついでに専門家の意見も聞いて、総合的な来歴が作成できればいいかと」

『ほお』

祖父が感心したように言う。

『相変わらず、お前はそつがないね』

昔からベルジュ家には利発な人間が多く、それゆえ、ここまで大きな財団を維持できているわけだが、シモンは、そんな歴代当主の流れの中でも群を抜いて優秀なのだ。ふつうならまだ遊びほうけている学生時代から、この手の来歴づくりなどに手腕を発揮し、美術館などから来る依頼の対処に当たってきた。

おかげで、今では、この手の作業の手際の良さは、父親のギョームを上まわる。

シモンが言う。

「とりあえず、僕のほうでわかるものは調べますが、なにぶんにも、ご先祖様たちの日誌や備忘録など、そちらに資料が移されてしまっているものが結構多くて……」

すると、祖父が楽しそうに茶々を入れた。

『そんなの、お前がスイスまで来ればいいだろう。空気はいいし、いつでも美味《おい》しいものを用意して待っているよ』

「ありがとうございます」

礼は言うものの、それこそ、シモンはそれほど暇ではない。こうしてロワールに来るのだって、ユウリと過ごせる貴重な時間を犠牲にしてのことなのだ。

そこで、さりげなく「それはそれとして」と付け足した。

「さっきお父さんから聞きましたが、ひいお祖父さんやひい叔父さんなんかは、城に飾られている歴代の肖像画のことを『カタツムリの軌跡』と呼ぶことがあったというのは、本当ですか？」

『「カタツムリの軌跡」……』

感慨深く繰り返した祖父が、『まただいぶん』と続けた。

『懐かしいことを聞いたものだな』

「ということは、やっぱりそういう言われ方をしていたんですね？」

シモンが確認すると、「そうだよ」と認めた祖父が続ける。

『たしかに、最近はあまり言わなくなったけど、私の父や叔父さんなんかは、よくそんな風に言っていた。――だけど、それがどうかしたのかい？』

「ああ、いえ」

当然のことを訊き返され、シモンが慎重に応じる。

「特になにということもないんですが――、ちなみに、誰が言い出したのかはわかりませんよね？」

『うん。わからないな』

「調べることも、難しいですか？」

なんだかんだ、自分の手でいろいろ調べるのが好きな祖父である。きっと引き受けてくれると期待しつつシモンが訊くと、案の定、『どうだろうな』と言いつつ、乗り気になった声音で続ける。

『やってみないことにはなんとも言えないが……、もしかして、それも企画展となにか関係あるのか？』

「……ええ、まあ」

嘘《うそ》をつくのは忍びなかったが、理由を説明するのは厄介だったし、この際、背に腹は代えられない。

「ですので、お願いできたら、とても助かります」

シモンがこんな風に「お願い」するのは珍しく、それを知っている祖父としては、おそらく電話の向こうで顔がにやけてしまっているだろう。それでなくても、祖父というのは孫の頼みはなんでも聞いてやりたくなるものだ。

『わかったよ。聞き覚えがないわけではないし、ついでにそれも調べてみよう』

「ありがとうございます。本当に感謝します」

心から礼を述べたシモンは、そこで祖父との電話を終えた。

3

それより少し前——。

シモンにハムステッドにあるフォーダム邸まで送ってもらったユウリは、自室に入っても落ち着かず、窓辺に佇《たたず》んで考え込んでいた。

やはり、気になるのは悪魔の言葉だ。

繰り返し頭に浮かぶ疑問は、なぜ、あの悪魔は、シモンの魂を持ち去れると思っているかであった。

シモンは「大丈夫」と言っていたが、そんな保証はどこにもない。

(吾は吾のものを取り返しに来ただけ……か)

悪魔の主張していたことを思い返しながら、ユウリは考える。

吾は吾のものを取り返しに来た。

その一つは、悪魔と取引をしていたマシュー・バイヤールの魂で、それはすでに手中に収めたはずである。

問題は、それ以外のなにかだ。

シモン曰《いわ》く、どうやらそれは、悪魔が魂の取り立てに使いとして出したなにかであるらしい。

　下級悪魔か。

　あるいは、闇《やみ》の妖精《ようせい》のようなものか。

　でなければ、魂を取られた人間ということもあり得る。

　どれであるかは、今のところわからないが、とにかく悪魔はそれが戻らなければ、シモンを代わりに連れていこうとしているのだ。身勝手にも程があるが、悪魔に道理は通用しない。わずかでも抜け道があれば、そこを広げて強行突破してくるはずだ。

「——ダメだ」

　頭を振って、ユウリは窓辺を離れる。

　シモンはユウリに、アルカでの仕事に注力するよう言っていたが、やはり、こんな時にジッとなんてしていられない。そこで、ユウリはふだんは使っていない、アシュレイから渡されているスマートフォンを取り出し、理生からもらった魔法円の写真をアシュレイに転送する。

　その際、こんなメッセージを添えた。

　——この魔法円で呼び出される悪魔について、なにかわかりませんか？

正直、こんな風に尋ねたところで、アシュレイがすぐに答えてくれるかどうかはわからない。上に「超」がつくほど気まぐれで、自分が興味を持たない限りいっさい無視する人間だ。

(それに、今日、「アルカ」を休んだしな……)

仕事場である「アルカ」のオーナーはアシュレイで、夏休みなど、長期で休みを取る時は前もって許可を得るが、半日や一日の休みの場合、急なことも多く、連絡のつきにくいアシュレイにいちいち報告せず、ミッチェルとユウリの間で適当に調整してしまうこともままあった。

そのあたり、ユウリのみならずミッチェルも、あまりアシュレイのご機嫌取りに走らない性格であるのが幸いした。

基本的に放任主義のアシュレイは、むしろ自分が縛られるのが嫌で店の運営には口を出さず、たとえ勝手に店を閉めていようが、それで怒ることはない。そのくせ、彼自身の我《わ》が儘《まま》から、自分が必要としている時にユウリがいないことには腹が立つようで、ユウリの休みに関してだけは、頻繁に横槍《よこやり》を入れてくる。

(でもまあ、最近、「アルカ」でアシュレイを見かけなかったから、僕が休んだことを知らない可能性もあるか……)

淡い期待を抱いたが、それは見事に裏切られる。

というのも、数分後、ユウリのスマートフォンが電話の着信音を響かせ、出ると、第一声で嫌みを言われたからだ。

『高校生に戻った気分は、どうだ？』

「あ、えっと……」

相変わらず、挨拶《あいさつ》の一言もない。しかも、どうやら、休んだことだけでなく、休んで春祭に行っていたことも知っていたようである。

ユウリは、どぎまぎしながら答えた。

「懐かしかったです」

『懐かしかった、ねえ。──このところ、しょっちゅう行っているくせに』

鼻であしらったアシュレイが訊く。

『で、今どこにいる？』

「えっと、家です」

『なら、手土産を持って店に来い』

「え、今から？　しかも、手土産って──」

尋ね返した時にはすでに電話は切られていて、ユウリは沈黙するスマートフォンを見つめて呆然《ぼうぜん》とつぶやく。

「……嘘」

だが、紛《まが》うことなく現実で、「来い」と言われて会話が終わったからには、もはや行くしかない。どんなに理不尽でも、ユウリのほうから質問を投げかけた以上、キャンセルできる話ではなかった。

そこで、慌てて家を出ようとしたユウリを、階段のところでばったり会った母親の美月《みつき》が止めた。

「あら、ユウリ。戻ったばかりで、もうお出かけ？」

「うん。ちょっと店に行く用事ができて、今日は戻らないかも」

「そうなの。大変そうね」

成人した子どもの自由を奪う気のない美月が、それでも必要最低限の心配をする。

「お夕食は？」

「セント・ラファエロから戻ってくる途中で、シモンとハンバーガーを食べた」

「まあ、おいしそう。……でも、それだけだと足りないでしょう。よかったら、エヴァンズ夫人に言ってなにか包ませるから、持っていきなさい」

「え……」

エヴァンズというのは、昔風に言うなら「執事」にあたるのだろうが、やっていることは「家令」であり「執事」であり、さらに「庭番」でもあるため、まとめて「管理人」という役職で従事している。その妻であるエヴァンズ夫人は、子どもたちの「子守」であり、台所を仕切る「料理人」であったが、今は、「管理人補佐」として、夫とともにそれなりの給料を稼いでいた。

　母親の提案に対し、一瞬、断ろうとしたユウリだったが、もしかしたらアシュレイもまともな夕食を食べていないかもしれないと考え直し、素直に従うことにする。

（そういえば、手土産とか言ってたし……）

　結果、電話を切ってから一時間ほどして「アルカ」に着いたユウリを、アシュレイが不機嫌そうに迎えた。

「遅い。――お前は、亀《かめ》にでも乗ってきたのか？」

「すみません。これができるのを待っていたから」

　謝りつつ、手にしたピクニック用の籠《かご》をソファーの上に置くと、それを見たアシュレイが呆《あき》れたように訊いた。

「なんだ、そりゃ？　これから、ピクニックにでも行こうってか？」

「違いますけど、出がけに母が、僕が忙しそうなのを見て、ご飯でも持っていけって夕食を適当に見繕ってくれて……。ほら、アシュレイ、手土産がどうのと言っていたし」

　籠の中から食事の入ったタッパーを取り出しながら、ユウリが続ける。

「ちなみに、アシュレイ、夕食は？」

「――さっき、食ったたし、『手土産』の種類が違い過ぎるだろう」

どうやら、アシュレイの言っていた「手土産」というのは、ユウリのメールに関するもののことであったらしい。

そこで、並んだタッパーを見まわしたユウリが言う。

「そうか。……それなら、片づけますか?」

エヴァンズ夫人が用意してくれた食事は、急ごしらえにしては豪華で、しかも作業をしながらでも食べやすいようにいろいろ工夫がされていた。

今夜のメインディッシュであったらしいステーキは、焼いたパンに挟んでステーキサンドになっていたし、野菜は酢漬けと生のスティックにディップが添えられ、他にもつまみやすいオードブルがいくつか入っている。

さらにワインのボトルが一本と、保温性の高い水筒にはコーヒー、さらにデザート用にイチゴや林檎《りんご》がふんだんにあって、焼き菓子までついていた。

見ているうちにお腹がすいてきたユウリが、名残惜しげに言う。

「……とっても美味しそうですけど」

すると、アシュレイも十分に夕食を食べたわけではなかったのか、「誰も」と応じた。

「食わないとは言ってない」

「――ですよね。よかった」

ホッとしたユウリが、「それなら」と本格的に食べ物を広げる。

　その横で、アシュレイはワインを開けると、それを飲みながら目の前に並べられていく料理を勝手につまむ。

　これは、ユウリやシモンにも共通していえることだが、美味しいものを食べる時は、その前後がどんな状況であろうと、食事を楽しむ。それが、食事を提供してくれた人間への礼儀であり、食材への感謝にも繋《つな》がるからだ。

　犬猿の仲ともいえるシモンとアシュレイだって、互いをしっかり天敵と認識している割に、いざ食卓を囲むと話が弾むくらいだ。

　ステーキサンドをつまみながら、アシュレイが訊く。

「——で、なんで急に魔法円なんだ？」

　アシュレイにしてみれば、春祭に行っていたはずのユウリが、突然、魔法円の写真を送りつけてきたことに違和感があるのだろう。

　ユウリが「それが」と答える。

「あの写真って、実はセント・ラファエロ内で撮られたものなんです」

「なるほど。いつの時代も、愚か者はあとを絶たないってことだな」

　皮肉げに笑ったアシュレイが「つまり」と言う。

「あの学校には今、呼び出した悪魔に取り憑かれて死にかけている奴《やつ》がいて、お前は、そいつを助けようとしているわけだ」

どうやら、多くを説明せずとも、アシュレイにはすでにだいたいのことがわかってしまったらしい。

「……まあ、そうですね」

コーヒーを手にしたユウリが、伏し目になってうなずく。もちろん、それがすべてではなかったが、これ以上話すと、シモンの身に危険が迫っていることにも触れないわけにはいかず、それは避けたかった。

ユウリが続ける。

「だから、もしアシュレイにわかるのであれば、教えてほしいんですけど、あの魔法円で呼び出される悪魔って、どんな悪魔なんでしょう？」

「さあねえ」

アシュレイが肩をすくめて応じ、「魔法円というのは」と解説する。

「あくまでも儀式をする側を守るために作られるものであって、悪魔を召喚するための情報が入ったものではないからな。だから、魔法円を見ただけでは、どんな悪魔が呼び出されたかまでは、わからない」

「そうなんだ……」

落胆を隠せないユウリを見やり、アシュレイが説明を続ける。

「どんな悪魔が呼び出されたのかが知りたいのなら、術を施した人間が、どんな目的で誰を呼び出そうとしたかを知るのがいちばん手っ取り早いだろう」

「どんな目的で誰を……」

考え込むユウリに対し、アシュレイが「もっとも、たいがい」と付け足した。

「目的どおりの相手が降りてくるとは限らないが」

「そうなんですか?」

「ああ。たとえば、素人がいきなり魔界の大魔王であるルシファーを呼び出そうとしたところで、無視されるのがオチだ」

「なぜ?」

尋ねながら、ユウリはなんとなく、人のメールを平気で無視するアシュレイのことを想像し、混同しそうになる。返ってくる答えは、あくまでも推測なのか。それとも、実体験に基づく回答か。

アシュレイが、「考えてもみろ」と具体的な事例をあげて説明する。

「それって、お前が、どこかの大使館の前に立って、『○○大使よ、出てこい』って叫ぶようなものだからな。大使館なら門衛に窘《たしな》められて終わりだが、悪魔が相手では、下っ端の奴らにボコボコにされる可能性がある」

「なるほど。大使館……」

相手が異界の住人であることを思うと、その表現は言い得て妙であった。

アシュレイが少し疑わしげな視線を向けて、「ただ」と続けた。

「逆に言うと、そいつに取り憑いているのが門衛のような下級悪魔や雑霊の類《たぐ》いなら、お前が手こずることはないはずなんだが……」

もちろん、アシュレイには霊感もなければ霊能力もない。あるのは野生動物並みの勘と膨大な知識にすぎないが、ユウリの能力については長年の経験から、ある程度の見積もりはできるようになっている。

ユウリが「いや」と反論した。

「それが、僕が見る限り、かなり強力な相手だった気がするんですが、たとえば、召喚の儀式が拙《つたな》くても、他に人間界に用のあった力のある悪魔が、その儀式を利用して降りてくるなんてことはないんですか?」

「……なるほどね」

軽くうなずきながら、アシュレイが応じる。

「それは、あちらの勝手な事情だから、俺にはなんとも言えないが、ふつうに考えて、こちらの世界に来たい時にたまたま通路が開いていたら、これ幸いと降りてくる可能性はあるだろう」

推測したあとで、「たしかに」とアシュレイ自身が納得する。

「お前がその場で祓《はら》えなかったのであれば、その可能性は十分あり得るな」

「……そうか」

ユウリが漆黒の瞳を伏せて考え込む。

推測が当たっていそうなのはよかったが、それが確認できたところで、肝心の悪魔のことがわからなければ、意味がないと思ったからだ。

悩ましげなユウリの前で、メールの着信音を響かせたタブレットを取りあげたアシュレイが、それに目を通しながらチラッとユウリのほうへ不審な視線をやり、さらに読み進めたあとで尋ねる。

「——今日、セント・ラファエロで人が死んだのか？」

どうやら、彼の張り巡らせているネットワークに、セント・ラファエロでの事件が引っかかったようだ。

「ああ、はい」

認めたユウリが、教える。

「保護者の一人が心臓発作で亡くなりましたが、実はこの話、ちょっと複雑で、その亡くなった方が、どうやら問題の生徒に取り憑いている悪魔と以前、なんらかの取引をしていたみたいで」

とたん、アシュレイに怒られる。

「バカ。そういうことは、先に言え。——まったく、その間抜けさは、何年経っても変わらないな」

「すみません」

その件については隠す気のなかったユウリが素直に謝ると、アシュレイが「それなら」と確認する。

「そいつは、悪魔に魂を取られたってことか?」

「そうですね。――少なくとも、亡くなった男性のそばにその生徒が立っていて、彼に取り憑いている悪魔がそう主張していました」

「ふうん」

おもしろそうに相槌を打ったアシュレイが、ユウリが死者の名前をあげる前に「で」と指摘する。

「死んだ男の名前は、マシュー・バイヤールなんだな?」

驚いたユウリが、「え、なんで?」と訊き返す。よく考えたら、アシュレイにそのことを知らせてきた相手が名前も一緒に教えた可能性は高いのだが、とっさに思いつかなかったユウリは、「もしかして」と続けた。

「アシュレイ、その人のことを知っているとか?」

だが、それには答えず、アシュレイはさらに確認する。

「で、死んだのは、何時頃だ?」

「……え？　時間？」

時間などあまり意識していなかったユウリが、少し考えてから答える。

「はっきりとはわかりませんが、お昼前だったと思います」

「昼前──」

アシュレイが、納得したようにうなずく。

それはまさに、アシュレイとミッチェルの前で、例の契約書が燃え上がった時間帯と一致していたからだ。

「いいだろう」

底光りする青灰色の瞳を輝かせたアシュレイが、身体を起こして宣言した。

「ユウリ。お前の望みどおり、その悪魔の正体を突き止めてやる」

「──え？」

驚いたユウリが、訊き返す。

「どうやって？」

それに対し、ヒラヒラと手を振ったアシュレイが、「それを訊くなら」と応じる。

「どこで、だな。どこに行けば、その答えを知ることができるか」

そこで、ユウリが言い直す。

「それなら、どこで？」

「オックスフォード」

短く答えたアシュレイが、「明日」と続ける。

「俺たちは、古き学徒たちの町オックスフォードに行く」

4

その日の夜更け。

ロワール地方にあるベルジュ家の城の図書室で調べ物を終え、自室に戻ろうとしていたシモンは、廊下に出たところで意外な人物に出くわし、驚くと同時に思いっきり眉をひそめた。

「──ナタリー」

「あら、シモン。こーんばーんわ《ボンソワール》」

両手を後ろにまわしたまま能天気に挨拶をしてきた従兄妹《いとこ》を、シモンが咎《とが》める。

「『こーんばーんわ《ボンソワール》』って、君、こんなところでなにをしているんだい？」

言ったあとで、「この台詞《せりふ》」と頭痛がしたように額を押さえながら続けた。

「つい最近も言ったけど、本当に、この城に住んでいるわけではないだろうね？」

「そうねえ」

ナタリーが、しみじみ応じる。

「私としては、そうなることを願っているけど、とりあえず今は『通い婚』ね」

「『婚』は余計だよ」

しっかり訂正したシモンが、「で？」と追及する。

「なにをしているって？」

「それが、ちょっと困ったことになっていて」

「だろうね」

このお騒がせな従兄妹が問題を抱えていないことのほうが想像しにくいシモンは、どうでもよさそうに応じて「そう聞いても」と続ける。

「こっちはちっとも驚かないよ」

「あら。そんなにいつも私のことを気にかけてくれているなんて、感動だわ」

「……どうしたら、そんな前向きな解釈ができるんだ」

「簡単よ。自分を信じればいいの」

怪しい教祖のような台詞を吐いたナタリーが「それより、聞いて」と言いながら、それまで後ろで組んでいた両手を前に差し出した。その手には革張りの小箱があり、びっくりしたシモンが「聞きたくない」と言い返すのも忘れて、その箱に見入る。

エンボス加工の施された珍しい革張りの小箱。

それは、先週、シモンが城の地下倉庫で探しものをしていた時に見つけた小箱と同じであった。

「……それ、どうしたんだい？」

「だから、これから話すわよ」

蠱惑的《こわくてき》なモスグリーンの瞳を細めて笑ったナタリーが、「ほら」と続ける。

「私、ちょっと前に、ギリシャに行ったでしょう?」

「そうだっけ?」

「そうよ。ネクロマンシーをしてきたっていう、あれ」

「――ああ」

いちばん思い出したくなかったことを突きつけられ、シモンが渋々認める。

「そういえば、そんなことを言っていたね。呆れ果てて嫌みの一つも口にできなかったけど、それが今の問題とどう関係するんだい。あ、まさか、呼び出した霊――魔女サークルの大先輩だっけ?――に、その箱をもらったとか言わないだろうね?」

「惜しい!」

「なにが、『惜しい!』だ」

「だって、本当に惜しいんだもの」

言ったあとで、ナタリーが説明する。

「ただ、それこそユウリじゃあるまいし、幽霊からなにかもらうなんて次元転移みたいなこと、私にできるわけがないでしょう」

「そうなんだ?」

ナタリーなら、幽霊を脅しつけて宝の一つや二つ持ってこさせることくらい朝飯前ではないかと疑うシモンに対し、ナタリーが「当たり前じゃない」と応じて続けた。

「それより、そもそも今回、私たちがネクロマンシーをすることになった発端が、実はその魔女サークルの大先輩で、こちらになにか心残りがあるらしく、それをなんとかしてほしいがために、私たちの夢枕《ゆめまくら》に立つようになったからなの」

「夢枕にねえ」

それも迷惑な話だと思いつつ、シモンが「それなら」と言う。

「その心残りについて具体的に訊くために、君たちは、わざわざギリシャくんだりまで行ってネクロマンシーをやってきたってわけだ？」

「そのとおり」

「それで、魔女サークルの大先輩とは話せたのかい？」

「もちろん。ネクロマンシーは成功して、いろいろ話を聞けたわ」

「ということは、その時に無理難題を押しつけられたのか」

「まあ、そうね。ある意味、そうかも」

認めたナタリーが、「少し話は前後するけど」と説明する。

「もともと、その方が亡くなられた時、私を含めた歴代会長は、サークルの方針で彼女の魔術道具を形見分けしてもらうことができたの。それで、事前に作成されていた譲渡一覧によって私が受け継いだのが『使い魔の小瓶』と呼ばれるもので」

「……また怪しげなものを」

シモンが呆れたように感想を挟み、「ああ、もしかして」と推測する。

「それが、その小箱とか？」

正確には、小箱の中身である。

シモンの記憶に間違いなければ、その革張りの小箱の中には、珍しい形の小瓶が入っているからだ。

「さすが。今度は大当たり。――で、さっき『惜しい』と言ったのは、幽霊から直接もらったわけではないけど、その大先輩から譲り受けたものであるのは間違いなかったからなの」

話を繋げたナタリーが、「ただねえ」と溜息《ためいき》交じりに言う。

「せっかく譲り受けたのはいいけど、すでにお亡くなりになられたあとだったから使い方を訊くこともできず、その上『取扱注意』みたいな札書きもしてあったから、どうしたものかと悩んだ末に、ひとまずこの城の地下倉庫に置いておいたってわけ」

「――だから」

天を仰いだシモンが、当然湧《わ》いてくる疑問を口にする。

「なんで、うちの地下倉庫に？」

「だって、私の家に置いておいて、なにか起きたら嫌じゃない」

「それは、こっちだって一緒だよ」

「そうかもしれないけど、これだけ広ければ、ちょっとくらいなにかあっても平気でしょう?」

「……どういう理屈なんだ」

「言ってみれば、確率の問題?」

悪びれた様子もなく応じたナタリーが、「それに」と付け足した。

「ここなら、いざとなれば、ユウリがなんとかしてくれそうだし」

唐突にあがった名前に対し、急に真剣な眼差《まなざ》しになったシモンが「ナタリー」と警告めいた声をあげる。

「言っておくけど、君の愚行の尻拭《しりぬぐ》いをユウリにさせる気はないよ。そんなことは、僕が許さない。――そもそも、今回のことだって、君が面倒なグループと関わらなければよかっただけの話であって、懲りずに怪しげなことに手を出すというなら、その責任は自分で負うべきだろう」

「まあ、正論ね」

認めたナタリーが、「でも」と片手を小箱から離して人さし指をクルクルまわしながら言う。泣く子も黙るくらい冷ややかな物言いになったシモンの迫力に臆《おく》さないところは、さすが鋼《はがね》の心臓の持ち主であるといえよう。

「ユウリは、そんなせこいことを言わないわよ。貴方《あなた》と違って、寛大だから」

「わかっているよ。当たり前だろう。だから、こうして僕が代わりに危険を取り除いているわけで」

ナタリーに限らず、ユウリの優しさにつけこんで、怪しげなことに巻き込もうとする輩《やから》は大勢いる。シモンが知り合ってからこれまでにも、そんなことはたくさんあり、その筆頭がアシュレイなのだ。

シモンはその都度、降りかかる火の粉をユウリの上から払いのけてきたわけだが、そんなシモンの苦労などどこ吹く風で、ナタリーが話を戻す。

「それはご愁傷様。せいぜいがんばって。――ただ、こっちもなかなか大変で、えっと、どこまで話したっけ？」

「この城の地下倉庫に、迷惑極まりないものを置いておいたってところだよ」

「ああ、そうそう」

人さし指を振ったナタリーが、続ける。

「そうしたら、ネクロマンシーの場に現れた魔女サークルの大先輩が、その小瓶にとらえられている使い魔を解放してやってほしいって、嘆願してきたのよ」

「それって、死んだあとまで、使い魔の心配をしていたってこと？」

「そうね」

「家族や恋人のことは、二の次で？」

シモンの指摘に対し、ナタリーが「う～ん」と考え込む。

「そこは、なんとも言いがたいわね。——というのも、どうやら、その使い魔は人間の姿をしていて、しかも、とびっきりの美男子らしいから」

「……美男子？」

「ええ。——まあ、貴方が疑うのも無理はないし、きっとこれを聞いたら、もっとびっくりするわよ」

「これ以上、びっくりしようもない気がするけど」

「そう？」

そんなことはないと確信しているように応じたナタリーが、「でもね」と伝える。

「なんと、二人は恋人に近い関係にあったそうなの」

「——は？」

まんまと相手の思惑どおりに驚いてしまったシモンが、眉をひそめて確認する。

「二人というのは、亡くなった魔女サークルの大先輩と、その小瓶の中の使い魔のことだよね？」

「ええ」

「それが、恋人に近い関係にあったたって？」

「そうなのよ。――ほら、びっくりしたでしょう？」

「まあ、そうだね」

なににびっくりしていいかわからないまま、シモンが認める。正確に言うなら、言葉にならないといった心境であった。

なにせ、夢枕やネクロマンシーの場に立つ魔女サークルの大先輩や小瓶の中の使い魔の存在を現実のこととして受け入れること自体、一般的な感覚を持つ人間にはかなりの許容量を必要とするのに、その上、そのありうべからざる者同士が恋人に近い関係にあったというのだから――。

いったい、どれくらいの常識を捨てたら信じられるというのだろう。とても、正気の沙《さ》汰《た》とは思えない。

混乱するシモンをよそに、ナタリーが、「それなのに」と同情的に告げた。

「彼女はある日突然亡くなってしまい、使い魔だけが小瓶の中に取り残されてしまったってわけよ。それで、そのことにとても心を痛めていた魔女サークルの大先輩が……」

「夢枕やネクロマンシーを通じて、君たちに助けを求めてきたということか」

「そのとおり」

パチンと指を鳴らして認めたナタリーが、「なんか」と、うっとりした表情で言う。

「おとぎ話みたいよねえ」

「――みたいではなく」

冷静さを取り戻したシモンが、言い直す。

「まさに『おとぎ話』そのものじゃないか。――だって、よく考えたら、その話って、君が直接聞いたのではなく、あくまでもネクロマンシーの場で語られたというだけのことだろう？」

「ええ」

自信満々に肯定する従兄妹を水色の瞳で見返し、シモンが呆れた口調で指摘する。

「ナタリー。そういうのを『夢物語』というんだよ」

「まあ、そうかもしれないけど」

ナタリーが、反論する。

「でも、実際、ネクロマンシーで魔女サークルの大先輩に教わったとおりに呼び出してみたら、本当に出てきたんだもの」

「出てきたって、なにが？」

「使い魔よ。――決まっているじゃない」

「え、本当に？」

「ええ」

「君が、使い魔を呼び出した？」

「そう」

大真面目《おおまじめ》な顔をして認めたナタリーが、「しかも」と付け足す。

「魔女サークルの大先輩が言っていたように、これがまたとびっきりの美男子で」

それから、小首をかしげ、「そういえば」と告げる。

「ちょっと貴方に雰囲気が似ていたかも？」

「――なにを言っているんだか」

小瓶にとらえられた使い魔なんかに似ていると言われても、ちっとも嬉《うれ》しくなかったシモンが、「それで」と相手の主張を受け入れる形で応じた。だからといって、決してナタリーの思う壺《つぼ》に陥ったわけではなく、早いところ話を終わらせるには、それがいちばん手っ取り早いと踏んでのことだ。

「今の話がすべて真実だったとして、君はとっととその『美男子』の使い魔を解放し、お役御免になればいいだけのことだろう？」

そのなにが問題なのかと、シモンは訊いている。

それに対し、ナタリーが振り出しに戻って言った。

「それがなかなかどうして、そう簡単にはいかなくて、だから、『ちょっと困ったことになっている』って言ったのよ」

それから肩をすくめ、「なにせ」と説明した。

「彼——というか、使い魔だけど、自分はその小瓶から解放されるのは嫌だって、駄々をこねるんだもの」

「は?」

眉をひそめたシモンが、「どうして」と当然の疑問を口にする。

「せっかく小瓶から解放され自由の身になれるというのに、その使い魔はそれを拒んだりするんだ?」

「知らないわよ」

投げやりに応じたナタリーが、「とにかく」と言う。

「魔女サークルの大先輩は相変わらず夢枕に立つし、使い魔は使い魔で、『絶対に出ていかない』と突っぱねるし、二人の板挟みになっているかわいそうな私としては、『いい加減にしてよね』って言いたいわけ」

心情を吐露したナタリーが、「というわけで」とシモンに後始末を押しつける。

「私はお手上げだから、貴方がどうにかしてよね、シモン」

「——冗談じゃない」

言下に応じたシモンが、ちょうど彼のスマートフォンがメールの着信音を鳴らしたのを機に、その場を離れながら「悪いけど」と突き放す。

「僕の知ったことではないし、君の尻拭いはごめんだよ」

「貴方の城にあるものでも？」

「当たり前だろう。そもそも、君が勝手に持ち込んだんだ。つべこべ言わずに、とっとと持ち帰ってくれ」

言い捨てると、そのままメールを開き内容を確認した。

それは、スイスにいる祖父からのメールで、先ほどシモンが照会したことへの回答だった。つまり、これまでに行方不明になった先祖について、「わかった範囲で」という注釈と一緒に年代別に名前があげられている。

それを目で追いながら歩くシモンの背後で、取り残されたナタリーが「あら」と負け惜しみのように言い放つ。

「そんな薄情なことを言っていいのかしらね。――言い忘れていたけど、その使い魔、『自分の名前は、アンドレ・ド・ベルジュだ』と名乗っているのよ」

とたん、ハッとしたように足を止めたシモンが、振り返る。

「――今、なんて言った？」

「だ、か、ら」

してやったりという表情で笑ったナタリーが、繰り返す。

「その使い魔、『自分の名前は『アンドレ・ド・ベルジュだ』と」

「アンドレ・ド・ベルジュ――」

呆然と繰り返したシモンが、ゆっくりと手元の画面に目を落とした。

アンドレ・ド・ベルジュ。

それはまさに、彼が現在目にしているメールの中にあげられた先祖の名前の一つと一致していたのだ。

衝撃の事実に、さすがにすぐには事態を把握できずにいたシモンが、ややあって困惑気味につぶやく。

「……それって、どういうことだ?」

第四章　小瓶の中の使い魔

1

翌日。

ユウリとアシュレイは朝早くにロンドンを出発し、車で学徒たちの町であるオックスフォードへと向かった。

道々、アシュレイから事情を聞いたユウリが、確認する。

「それなら、本当にバイヤール氏は悪魔と契約を交わしていたんですね?」

「ああ」

「しかも、その契約書をアシュレイが預かっていた?」

その話はユウリには驚きで、信じられないと言わんばかりの口調になる。

それに対し、アシュレイが神業的なハンドルさばきで車の陰から飛び出してきた歩行者を避《よ》けつつ、「俺がというより」と応じた。

「『アルカ』で預かることになっていたわけで、とどのつまりは、お前が管理するはずだったってことだ。それが、遠く離れたところにいたお前のそばで、遅れていた契約が行使されたんだから、なかなか皮肉な話だよ」

「……たしかに」

ユウリがうなずき、「それなら、もし」と一つの可能性を口にする。

「僕が預かっていたら、バイヤール氏の魂は奪われずに済んだんでしょうか？」

「どうだかね」

素っ気なく言い、底光りする青灰色の瞳《ひとみ》でチラッとユウリをとらえたアシュレイが「ただ」と忠告する。

「そうやって同情するのは勝手だが、ユウリ、それが高じて、自分の力を過信しないことだ」

ユウリがフロントガラスからアシュレイに視線を移して尋ねた。

「それってつまり、たとえ契約書がこちらの手にあっても、取引自体が正当なものであれば、結果は防ぎようがなかったということですか？」

アシュレイが「だから」とものわかりの悪い生徒を諭すように応じる。

「不可と断言はできないと、さっきから言っているだろう。お前の力をもってすれば、あるいは防げたかもしれないが、それは、結果的に真《ま》っ直《す》ぐなものを歪《ゆが》めることになるわけだからな。――言い換えると、本来、お前がやるべきこととは正反対のベクトルってことだ。それなのに、そこをどうこうしようと考えるのなら、お前が傲慢《ごうまん》になったという以外にない」

「たしかにそうですね……」

さすがに、痛いところを突いてくる。

シモンとの会話でも同じような結論に至ったが、事実は簡単には覆せないし、そこをあえてやるなら、それなりの犠牲を払うことになると言いたいのだろう。

「それに」とアシュレイが、慰めるでもなく告げた。

「終わったことをうだうだ言っていても始まらないだろう。それより、俺たちにはやるべきことがある」

「ああ、それなんですけど……」

悩ましげな表情でいたユウリが、気を取り直したように訊《き》く。

「先ほどのアシュレイの話だと、バイヤール氏が悪魔と交わした契約書は、燃えてしまったんですよね？」

しかも、驚いたことに、マシュー・バイヤールが亡くなったのとほぼ同時刻に「アルカ」で契約書が自然発火し、焼失したという。

「ああ」

「だとしたら、バイヤール氏が取引をした悪魔——言い換えると、現在、キャンベルに取《と》り憑《つ》いている悪魔の正体について、なにを、どうやって調べるつもりですか？」

こうして車に同乗しているものの、ユウリはいまだに、なぜ、自分がオックスフォードに向かっているのかわからずにいる。

もしや、どこかに契約書の複製品《レプリカ》でもあるのかと思うが、どうもそうではないらしい。

アシュレイが答える。

「オックスフォードには、フランスからの移住者であるバイヤール家が先祖代々住んでいる家がある。そして、これは生前のバイヤールが言っていたんだが、ヴィクトリア女王時代に生きた先祖の一人が本物の魔術師だったそうで、気の毒にも、バイヤールが悪魔と正式な契約を結ぶことができてしまったのも、その先祖から受け継がれた魔術書があったためらしい」

「魔術師……」

つぶやいたユウリが言う。

「それなら、その魔術書を調べれば、バイヤール家の先祖や、今回バイヤール氏が取引をした悪魔の正体がわかるかもしれないってことですね？」

「そうだ。——もしわからなくても、他にも、なんらかの手がかりを見つけられる可能性はある」

そんなことを話すうちにも、車はオックスフォードの町に入り、地元の人から「ザ・ハイ」と呼ばれるメインストリートを走行し始めた。

古いものと新しいものが入り混じる街並み。

路上で学生たちが立ち話をし、教授らしき人物が老舗《しにせ》の文具店の扉をくぐる。

ここはまさに、町全体が「知の殿堂」と呼べる場所であった。

ちょっとの間、身を乗り出して周囲の景色を眺めていたユウリに、アシュレイが「現在」と告げる。

「バイヤール家には、寡婦となった妻がいて、いちおう俺たちは『弔問』という形をとるわけだが」

「弔問……」

ユウリが、合点が入ったようにつぶやく。

出がけに、黒系統の服を着るように言われたのは、そのためだったらしい。葬儀に出席するわけではないので、喪服こそ着ていないが、ふだんから黒一色でまとめがちなアシュレイに対し、ユウリは手持ちの服の中から黒いズボンに白いスプリングセーターと薄墨色のダッフルコートを選んでまとっている。

アシュレイが「設定として」と続けた。

「俺はロンドン大学でイギリスの大学制度の歴史を調べている研究者で、お前はその助手だ。俺とマシュー・バイヤールはロンドンの稀覯本《きこうぼん》愛好家の倶楽部《クラブ》で知り合い、生前、彼の蔵書を見せてもらう約束をしていたということにしてあるから、俺が図書室であれこれ調べ物をしている間、お前は、気の毒なバイヤール夫人の相手をしていろ」

「――相手」

それは、なかなか荷の重い役割であった。

身近にシモンという社交のエキスパートがいながら、頼るばかりでなにも吸収できていないユウリは、今回もすぐにぼろを出しそうな気がしたのだが、幸い、ミセス・バイヤールは明日の葬儀の準備や打ち合わせで忙しかったようで、二人を室内に招き入れ軽くお茶を勧めたあとは、こちらのやることにいっさい関与してこなかった。

夫人はとても良《い》い人で、「バタバタしていて、ロクにおもてなしもできませんが、あの人が約束したことであれば、気の済むまで見ていってください」と、こちらの素性を疑うことなく言ってくれた。

ユウリなんかは、嘘《うそ》をついている疾《やま》しさに加え、こんな時に押しかけてきてしまった非常識さも相まって、その悪意のない言葉に冷や汗をかくほど恐縮したのだが、アシュレイはまったく意に介した様子もなく、これ幸いと資料探しに取りかかった。

そんなアシュレイを見て、ユウリは改めて感心してしまう。

（いろいろな意味で、本当に豪胆だよなあ……）

彼らがいるバイヤール邸は、町の中心部から少し外れた道沿いに建つ一軒家だった。

黒い屋根に灰色の壁、ところどころアクセントのように赤い煉瓦《れんが》が見える、古さを感じさせる建物で、全体的にどんよりとして見えるのは、積み重ねた歴史のためか、別の理由があるのか、判断に迷うところである。

実際、最初に通された居間は、清潔に整えられ空気も清浄であったのだが、廊下にはわずかに淀《よど》みが感じられた。しかも、階段をあがって奥に行くほど淀みは濃くなり、図書室の扉を開けた瞬間、ユウリは「なるほど」と納得する。

（……ここかあ）

最初にバイヤール邸を見た時に感じた重さは、この部屋に原因があったようだ。

図書室といっても、フォーダム邸や、ましてベルジュ家の豪奢《ごうしゃ》で広々としたそれと比べたら「書斎」に近い規模ではあったが、いちおう、当主の使う事務机以外にも閲覧スペースがあり、それなりに体裁は整っている。

そこに、これでもかというほど大量の本が並べられ、さらに、その隙間《すきま》やソファーの上に、たくさんの雑霊がいた。

あっちにも、こっちにも。

一瞬、入るのをためらったユウリに対し、アシュレイは、例によって例のごとく、なんの躊躇《ちゅうちょ》もなくズカズカと踏み入り、床の上の小妖精《しょうようせい》を蹴飛《けと》ばして進んだ。そのまま本棚の前に立ち、ざっと蔵書を眺めまわすと、当たりをつけた本を数冊引き抜き、黒い影が凝《こご》っていた安楽椅子《あんらくいす》にどっかと腰をおろした。

それから、入り口で立ち止まったままのユウリを見て、言う。

「電池切れしたロボットみたいに突っ立ってないで、とっとと働け。じゃないと、今日の分の給与はカットするぞ」

つまり、今日の分の給与はくれるということである。

そんなことは考えてもみなかったユウリは、仕方なく足を踏み入れ、チラチラとあたりに視線をやりながら本棚に近づいた。

そこから適当な一冊を引き抜き、近くの一人掛けソファーに向かう。ただ、すぐには座らず、まるで潔癖性の青年のように座面を払い、さらに見つけた埃《ほこり》を片づけるようになにかをつまみあげては、それをフッと吹き飛ばす。

傍《はた》から見ると、それはただの神経質な人間の挙動でしかなかったが、ユウリの視点に立てば、それなりに意味のあることなのだ。

淀んだ空気をきれいにし、しがみつく小妖精や雑霊を丁寧に引きはがす。

ユウリとしては、ここで作業をするなら、まずは徹底的に大掃除から始めたいところであったが、どんな事情があって集まってきているかわからないモノたちを、勝手に祓《はら》ってしまうのも気が引けた。

（バイヤール氏の先祖に魔術師がいたというのは、本当なんだろうな……）

椅子に座って本を開いても、ユウリは集中して読むことができない。そんな彼の肩に乗って髪を引っ張った異形《いぎょう》のモノを払いながら、落ち着かない気持ちでアシュレイのほうを見る。

驚異のスピードでページをめくっていくアシュレイのそばには、さっきまで安楽椅子の上に凝っていた影が立っていた。はっきりした姿形を取っているわけではないので、どんな表情でいるかまではわからなかったが、明らかに苛立《いらだ》っている。

理由は、もちろん、居場所を奪われたからだ。

（……本当に豪胆というか、無神経というか）

ユウリだったら落ち着かずに、さっさと席を立っている。

感心と呆《あき》れの二つの感情を抱きつつ、ユウリも手元の本に視線を落とした。革装丁の古い本で、ラテン語で書かれた内容を読む気にはならない。

そこで、別の本を取るためにいったんソファーを離れた。

個人蔵書であるため、公共の図書室のような整然とした並びにはなっておらず、ユウリは背表紙を指で辿《たど》りながら目で追う。「化学」や「神秘」などと言った単語が目立ち、他にも「地誌」や「薬」といった内容のものもあるようだ。

ただ、薬は薬でも、純粋な薬学の本かといったら、そうではなさそうで、どうやら「魔法の薬」とか、それこそ錬金術めいた内容のものらしい。そのうちの一冊を抜き取り、不可思議な記号などが書かれたページを眺めていたユウリは、ふと近くに気配を感じて横を見る。

そこに、影が凝っていた。

ドキッとして、とっさにアシュレイのほうを見ると、彼のそばに立っていた影がいつの間にか消えている。本に夢中になっているアシュレイを動かすのは無理だと諦《あきら》め、矛先をユウリに変えたようである。

(……え、なに?)

最初はどぎまぎしたユウリであったが、見つめるうちに、黒く凝った空間からなにか訴えかけるような波動が伝わってきた。

(僕にアシュレイをどかせろというなら、無理な相談だけど……)

思いつつ、その影のほうに意識を集中する。

すると、ふいにユウリの脳裏に一冊の本が浮かんでくる。青い革装丁の大きめの本であった。

ハッとしたユウリのそばからスッと黒い影が離れ、本棚の前を横滑りするように移動していく。その影が立ち止まった場所まで移動したユウリは、そこで本棚を上から下までつぶさに眺め、もう一度上を見たところで、最上段に横倒しになっている青い革表紙の本を見つけた。

大きさといい表紙の色といい、今しがた頭に浮かんだ本とそっくりだ。

そこで、脚立を動かしてその上に乗ったユウリが、頭上近くに置いてあった本を手に取って埃を吹き払う。

見た目はずっしりと重そうな本だ。だが、実際に手に取ってみると案外軽く、首をかしげたユウリが本の表紙を開いた。

そこにあったもの――。

しばらくその場で固まっていたユウリが、手の上で開いた本を見つめたまま、アシュレイを呼ぶ。

「――アシュレイ」

それに対し、ユウリが脚立を動かし始めた頃からその動きに注意を払っていたアシュレイが、すぐさま安楽椅子を立って寄ってくる。

「なにを見つけた？」

「これです……」

そう言ってユウリが本を載せたまま両手を差し出す。

そこには、中身がくり抜かれた本があり、中に折りたたまれた羊皮紙と古い革装丁のメモ帳が入っていた。

「へえ」

アシュレイが興味深そうな声をあげ、まずは羊皮紙を手に取る。開いてすぐに「なるほど」とつぶやくと、さらにメモ帳を取りあげ、中身をざっとチェックしてから、チラッとユウリの顔をおもしろそうに見やった。

蠱惑的《こわくてき》な青灰色の瞳にとらわれ、とっさに下を向いたユウリに対し、アシュレイがその華奢《きゃしゃ》な顎《あご》に手をかけて正面を向かせながら告げた。

「お前がどうしてこの本をピンポイントで取る気になったのかはさておき、どうやらお宝発見ってとこだな」

「そうなんですか?」

「ああ」

うなずいたアシュレイは、それをそれぞれ服のポケットにしまうと、ユウリに本を渡して元の場所に戻させた。

素直に従いつつ、ユウリが尋ねる。

「それ、どうするつもりですか?」

「腹もすいたし、昼飯を食いながらゆっくり精査する」

「え、でも」

アシュレイの意図を察したユウリが、脚立に乗ったまま確認する。

「まさか、許可なく持ち出すわけではないですよね？」

「悪いか？」

「はい」

ふだんはあまり自己主張しない割に、こういう時だけはためらいなく断言するユウリをおもしろそうに見返し、アシュレイが「安心しろ」と説明する。

「これは、ある種、正当な取引だ」

「正当な取引？」

「そうだよ」

悪びれた様子もなく肯定したアシュレイは、脚立をおりたユウリをドアのほうに追い立てながら続ける。

「生前、バイヤールが契約書を預かってほしいと言ってきた時の交換条件として、俺は当然、先祖代々受け継がれてきたという魔術書を候補にあげたが、それはまあ断られてしまい、代わりに、なんでも好きな本を一冊、ないし二冊持っていっていいという契約を交わした」

「へえ」

「残念ながら、本を受け取りに来る前にバイヤールは死んでしまったわけだが、約束は約束だからな。俺はこの図書室から好きな本を一冊、ないし二冊、持ち去る権利があるというわけだ」

「なるほど」

そういうことなら文句は言えないし、ユウリとしても、それがシモンを救うための手助けになるなら、多少のことには目を瞑《つぶ》る覚悟はあった。

それに、言われてみれば、ユウリもとてもお腹《なか》がすいている。

そこで、忙しいバイヤール夫人に暇《いとま》を告げ、二人は水辺の居酒屋《バブ》に落ち着いて食事をすることにした。

車で来ているので、アシュレイもユウリもお酒は飲まず、コーヒーやレモネードとサンドウィッチの簡素な食事だ。

お皿に添えられたフライドポテトをつまみながら、アシュレイがもう片方の手でテーブルの上に広げた羊皮紙を叩《たた》いて言う。もちろん、先ほど、バイヤール邸で見つけ、こっそり持ち出してきたものである。

「これは、バイヤールの先祖であるジャコブ・バイヤールという男が、悪魔と交わした契約書だ」

身を乗り出して契約書を見ながら、ユウリが訊き返す。

「もしかして、例の魔術師だった先祖ですか？」

「断言はできないが、日付が十九世紀だから、可能性は高いだろう」

「そうか。――それなら、ここに書かれた記号のようなものを指して続ける。

言いながら、羊皮紙の下のほうに羅列された記号のようなものを指して続ける。

「サインのようなものを紐解《ひもと》けば、悪魔の正体がわかるってことですね?」

「ま、それはそうなんだが、俺は、このサインに見覚えがないから、調べるのは、正直、至難の業だな」

「そうなんだ……」

落胆したユウリに対し、アシュレイが「それより」と別の可能性をあげる。

「むしろ、この契約書にある取引について、こっちのメモ帳が覚え書きになっているようなので、これを読み解いたほうが早いだろう」

そう言ってアシュレイは、コーヒーを飲みながらメモ帳のページを手早く繰る。

逆側から見る限り、癖のある文字は非常に読みにくく、さらに時代が古いので、同じ英語でも言葉を理解するのが難しそうだ。

それなのに、アシュレイのページを繰る手は止まらず、どんどん先に進んでいく。

いったい、どんな頭をしているのか。

最新鋭の医療機器なら頭の中を覗《のぞ》くことも可能ではないかと思いつつ、ユウリが小さく欠伸《あくび》をしていると――。

「ユウリ」

どこか咎《とが》めるような口調で、アシュレイに呼ばれた。

てっきり欠伸を見とがめられたのかと思い、慌てて口を閉じながらアシュレイのほうを見れば、彼はまだメモ帳に目を落としたままで、どうやら欠伸がばれたわけではなさそうだった。

　ややあって、アシュレイがゆっくり顔をあげる。その表情には怒りと不満があり、底光りする青灰色の瞳が射貫《いぬ》くようにユウリを見つめた。

「――あ、えっと」

　とっさに息を呑《の》んだユウリが尋ねる。

「なんですか？」

　アシュレイの機嫌が激変したのはわかるが、なぜそうなったのかがわからない。それでも、間違いなく、なにかがアシュレイの癇《かん》に障った。名前を呼んだきり、うんともすんとも言わなくなってしまった相手の静かな攻撃に耐えきれず、ユウリがもう一度訊く。

「アシュレイ、どうかしたんですか？」

　すると、黙ったまま身を乗り出し、ユウリの襟元をグッとつかんで自分のほうに引き寄せたアシュレイが、間近でユウリを睨《にら》みつけながら「お前」と低い声で告げた。

「性懲りもなく、また俺に隠し事をしているな？」

「……隠し事？」

どぎまぎしながら訊き返したユウリに、アシュレイが核心に触れる質問をした。

「この件に、ベルジュはどう関《かか》わっている？」

2

その日のうちにロンドンに戻ってきたユウリとアシュレイを、「アルカ」で店番をしていたミッチェルが笑顔で迎えた。

「おかえり、二人とも」

「ただいま、バーロウ」

素通りしたアシュレイに代わってしっかり挨拶《あいさつ》を返したユウリが、申し訳なさそうに付け足した。

「すみません、急遽《きゅうきょ》、店番を押しつけてしまって」

「別に。これも、僕の仕事の一つなんだ。君が気にするようなことではないよ」

事実、接客用のテーブルには茶器とケーキ皿が二つずつ置いてあり、直前まで誰かがいたことが窺《うかが》えた。

アシュレイが嫌みっぽく言う。

「たしかに、気にしてやる必要はこれっぽっちもない。むしろ、茶飲み話が仕事になるんだから、いいご身分だろう」

そんなアシュレイをチラッと見るが、ミッチェルは反論せずに聞き流す。相手の機嫌がすこぶる悪く、ここは黙っておいたほうが賢明だと判断したのだろう。それに事実、午後は仕事というより、押しかけてきた親友の相手をするのに費やしたからだ。

するとユウリが、アシュレイの嫌みをフォローするように接客用のテーブルに近づきながら言う。

「これ、片づけちゃいますね」

閉店の時刻は過ぎていたので時間外労働になるが、そんなことは今さらであった。

だが、「あ、いや」と応じたミッチェルが、アシュレイのことを気にしつつ意外なことを口にする。

「そこはいいから、君は住居スペースのほうに行くといいよ。──ベルジュがなにか話があるみたいで、上で待っているから」

「え？」

驚いたユウリが、訊き返す。

「シモンが？」

「うん。ちょっと前に来て、君と連絡が取れないと言っていたから、今日は仕事でアシュレイと出かけていると伝えておいた」

「──ありがとうございます」

今朝、慌てて支度をしたため、ユウリは、いつも使っているスマートフォンを住居スペースのテーブルの上に置き忘れてしまったのだ。それでも一日中《いちにちじゅう》、アシュレイと一緒にいたため、今の今までなんの不便も感じなかったが、きっとその間に、シモンからメールがいくつか届いていたはずだ。

ミッチェルが、「仕事でアシュレイと出かけている」と言ってくれたようなので、ひとまず事故などの心配はしていないだろうが、状況が状況であるだけに、「仕事」という言葉を素直に信じてくれたかどうかは、怪しい。

そこで、ユウリは急いで住居スペースへと向かった。

「――シモン」

居間のソファーに座る高雅な姿に向かって呼びかけると、電話中だったシモンが応じるように片手をあげつつ、そのまま誰かとの会話を続けた。フランス語なので、仕事関係か家の誰かとの電話だろう。

すぐに電話を切ったシモンが、改めて挨拶する。

「やあ、おかえり、ユウリ」

それから、わずかに水色の目を細めてユウリの背後に視線を流した。

「――それと、お久しぶりです、アシュレイ」

ハッとしたユウリが、振り返る。

どうやらアシュレイも来る気になったようで、ユウリのあとから姿を現した彼は、二人のプライベート空間にズカズカと勝手に踏み込むと、我が物顔でシモンの向かいに腰をおろして言った。

「会えて、重畳《ちょうじょう》。てっきり、悪魔に連れ去られたと思っていたからな」

シモンがチラッと、キッチンに消えていくユウリの後ろ姿を見る。

もちろん、ユウリがみずから進んで話したとはシモンも思っていなかったが、今の台詞《せりふ》から察するに、今日一日一緒に出かけていたことで、ユウリとアシュレイの間でなんらかの情報交換があったのは間違いなかった。

そもそも、ミッチェルは「仕事で」と言っていたが、その前提すら怪しい。

アシュレイは、おそろしく頭が切れる。ユウリがなにげなく言ったことから正解を導き出すなど、朝飯前であるはずだ。

シモンが、アシュレイに視線を戻して応じる。

「つまり、僕が悪魔に連れ去られてもおかしくないと?」

「そうだな」

「でも、なぜそう思われたんですか?」

シモンが、それなりに興味を覚えて訊いた。

考えてみれば、春祭での騒動をユウリから聞き出した上で今日どこかに出かけたのだとしたら、このアシュレイが一日かけて手ぶらで戻ったとは思えない。となると、この件でシモンが知らない情報を、彼がすでに握っている可能性は高い。

と、そこへ、いったんキッチンに消えていたユウリが、漆器のコーヒーカップに三人分のコーヒーを淹《い》れて戻ってきた。それらをテーブルに置く際、シモンの前に革張りの小箱があるのに気づいて、一瞬カップを置く手を止めた。

わずかに首をかしげた様子からして、なにかいぶかしく思っているのが伝わるが、その間にも、シモンとアシュレイの駆け引きめいた会話は続いていた。

「俺に言えるのは」

アシュレイが底光りする青灰色の目を細めて答える。

「気の毒にも運の悪いご先祖様がいて、お前も大変だなってことくらいか」

「気の毒にも運の悪いご先祖様……」

つぶやいたシモンが、小さく笑ってつぶやく。

「つまり、まさに『カタツムリの這《は》ったあと』か……」

それに対し、ハッとしたユウリが口を挟む。

「もしかして、シモン。『カタツムリの軌跡』について、なにかわかったの?」

「わかったよ」

認めたシモンが、教える。

「『カタツムリの軌跡』というのは、ロワールの城に飾られている先祖代々の肖像画を指していわれる言葉だった」

「肖像画……」

「言い換えると、ベルジュ家の先祖たち、延《ひ》いてはその血筋ということだね」

「……そうか」

納得したユウリからふたたびアシュレイに視線をやったシモンが、「それで」と尋ねる。

「貴方《あなた》の言う『気の毒にも運の悪いご先祖様』というのは、もしかして、オックスフォードへ遊学中に行方不明になったまま、いつどこで亡くなったかもわからずにいるアンドレ・ド・ベルジュのことですか？」

「へえ」

アシュレイが、口元を歪めて笑う。

「つまり、お前も原因を突き止めたのか？」

「突き止めたというか、どうやら、そのご先祖様のせいで、僕は悪魔に目をつけられたのかもしれないということは、なんとなく。――ただ、そもそも、ご先祖様も含め、なぜそんなことになったのかまでは、まだ……」

言いながら、シモンの視線が一瞬、革張りの小箱に向けられる。

ユウリは、そのことがとても気になったが、先にアシュレイが「それは」と伝えた。

「そうだろうな。お前にとって……というより、アンドレ・ド・ベルジュにとっても、悪魔に魂を取られるなんて、青天《せいてん》の霹靂《へきれき》だったはずだから」

「ということは、やはり、僕のご先祖様は、悪魔と取引なんてしていないということですか？」

「ああ」

認めたアシュレイが「取り引きしたのは」と告げた。

「ジャコブ・バイヤールだ」

「バイヤールって……」

繰り返したシモンが、ユウリと視線を合わせながら確認する。

「亡くなったバイヤール氏の……」

ユウリがうなずいて教える。

「先祖だよ」

それから、「今日」と説明を加えた。

「僕とアシュレイは、オックスフォードにあるバイヤール家に行ってきたんだ」

シモンが、わずかに咎めるような表情になって言った。

「ユウリ。これについてはあとで文句を言おうと思っていたけど、この件について、アシュレイになにか訊くなら僕が自分で訊くと言ったはずだよね？」

「わかっている。――それは、本当にごめん」

謝ったあとで、「でも」と続けた。

「やっぱりジッとはしていられなくて」

「そうだとしても——」

シモンがさらに不満を口にしようとするが、先にアシュレイが「言っておくが、ベルジュ」と遮った。

「お前がなにか言ってきたところで、俺は一歩たりとも動く気にはならないからな」

つまり、相手がユウリだからこそ、この結果が得られたのであって、ユウリに対して感謝はしても文句は言うなと言いたいらしい。

「なるほど」

理解したシモンが、「それなら」と気を取り直して言う。

「バイヤール家の先祖が交わした契約のツケを、なぜ、うちの先祖が払う羽目になったんですかね？」

「それは、ジャコブ・バイヤールがずる賢いことをしたからだ」

応じたアシュレイが、「ここに」と言って、バイヤール邸から持ち出した契約書とメモ帳を取り出して言う。

「奴《やつ》が悪魔と交わした契約書と、そのことについて書かれた覚え書きがあるんだが、これによると、ジャコブは、当時、自分の恋敵《こいがたき》だった男から愛しい女性を奪うため、召喚魔術を行い悪魔と契約を結んだ」

「その女性が、自分のものになるように？」

「ああ。——しかも、彼が姑息《こそく》だったのは、ついでに恋敵を自分の目の届かないところにやってしまおうと考えたことだった」

「目の届かないところ……」

「どういうことかと言うと、おそらく、ジャコブはかなり腕のいい魔術師だったんだろうな。呼び出した悪魔と契約を結ぶ際、通常なら、二十年後に自分の魂を渡す——とするところを、交渉の末、一週間後、日の出の時刻に赤いハンカチを身につけて近所の橋を渡るから、その時に魂を奪うよう指示した」

「なるほど」

水色の目を細めたシモンが、「それはまた」と皮肉げに言った。

「ずいぶんと的を絞った内容ですね」

「そうだが、そこにジャコブのずる賢さがある」

「そうですね」

認めたシモンが、「それなら」と先を読んで言う。

「いくらでも身代わりが立てられる」

「そのとおりで、もうわかっていると思うが、言葉巧みに悪魔と交渉したジャコブは、恋敵であったアンドレにもうまい具合に話を持ちかけ、一週間後のその時刻に、まんまと赤いハンカチを身につけさせて橋を渡らせた」

「そうか。だから僕のご先祖様は、取引などしてもいないのに、悪魔に魂を奪われてしまったわけですね」

「というより、ひとまず人間のまま、連れ去られたんだろう」

「人間のまま？」

「ああ。そうでないと、お前がさっき言っていたような、『行方不明のまま、いつどこで亡くなったかわからない』ことにはならないからな」

アシュレイが指摘し、人さし指を小さく振って「お前の話を聞くまで」と付け足した。

「俺も、アンドレはふつうに魂を取られただけかと思っていたが、もしそうなら、そこで死んだことが記録に残るはずだ」

「なるほど」

「だが、そんな記録はなく、ベルジュ家のほうでも行方不明のままというなら、生身の人間の状態で魔界に連れ去られ、向こうで肉体が朽ち果てたんだろう。もしかしたら、契約をしていない人間の魂を持ち去ると、途中で天界が関与してくる危険があるのかもしれない。そして、それらの推測が当たっているなら、当然、悪魔のほうでも、それが身代わりだと知っていたことになる」

「たしかに」

認めたシモンが、「でも」と疑問を呈した。

「知っていたなら、なぜ、危険を冒してまで違う人間を連れていったりしたんです？」

「そんなの、俺が知るか。悪魔に訊け」

「ああ、まあ、そうか」

悪魔の事情など、アシュレイの知ったことではないだろう。

だが、一を聞いて十を知るアシュレイは、「もっとも」と彼なりの推測を口にした。

「悪魔が好むのは、善人や聖人の魂だからな。ジャコブとアンドレを比べたら、明らかにアンドレのほうが彼の好みだったろうから、身代わりとわかっていても、そっちがいいと思った可能性はある」

「……そっちがいい、か」

ずいぶん勝手な話だと口元を歪めて応じたシモンの横で、ユウリが小さくつぶやく。

「はないちもんめ――」

「あの子が欲しい、その子が欲しい」などとえり好みされても困るという想《おも》いが込められた言葉であったが、残念ながら日本語でのつぶやきはどちらの耳にも届かず、シモンが、

「だから」と続けた。

「いわゆる『誘拐』という形を取ったんですね」

「俺に言わせると、『神隠し』だな。魔界や妖精界《ようせいかい》に足を踏み入れたまま、そこで何年も月日を費やした人間の話は、古今東西、枚挙にいとまがない」

つまり、そのケースでは天界の調査も入りにくいということだ。

「なるほどねえ」

納得したシモンが、ふたたびテーブルの上の小箱に視線をやった。

そこに、いったいなにが入っているのか。

ユウリは、先ほどからそのことがとても気になっている。というのも、それを目にした瞬間、ユウリには、そのまわりの空間がやけに歪んでいるように思えたからだ。重力のかかり方が違う、とでもいうのか。

（なんだろう……）

まるで、そこに異次元へと繋《つな》がる門でも開いているような、なんとも奇妙な印象を覚えてならない。

そんなことを思うユウリの前で、アシュレイが「とはいえ」と続けた。

「その事実がわかったところで、お前の身に迫っている危険が消えるわけではない」

ユウリが、ハッとしてアシュレイを見る。

たしかに、今、わかっているのはあくまでも、悪魔がシモンの魂を連れ去れると主張している根拠だけだった。

アシュレイが、「話を整理すると」と言う。

「今から百五十年ほど前に、ジャコブ・バイヤールが悪魔と契約をかわし、その身代わりとしてアンドレ・ド・ベルジュが悪魔のもとに連れ去られた。そして現代になって、ジャコブの子孫であるマシュー・バイヤールが悪魔と契約し二十年後に魂を取られるはずが、その取り立てが遅れた。その理由として悪魔が主張しているのが、取り立てに遣わした使い魔――つまりは、かつて魔界に連れ去られて今は妖魔《ようま》と化していたアンドレ――が消えてしまったからで、重い腰をあげてみずから取り立てをしに来たついでに、そのいなくなった妖魔アンドレの代わりとして、子孫であるお前を連れていこうとしている。――と、ここまでは間違いないな？」

念のため、アシュレイが確認したのは、ユウリから聞いた話だけではいささか心もとないと思ったからだろう。

シモンがうなずく。

「間違いありません。その理屈として、『カタツムリの這ったあとのようなもの』というからには、おそらく『血を辿って』ということなんでしょうけど」

「まあ、そうだな」

アシュレイも認めた横で、ユウリが「でも」と憂いを込めて言う。

「だとしたら、そのいなくなった使い魔――シモンの先祖の行方がわからない限り、やっぱりシモンは連れ去られてしまうということですか？」

それに対し、アシュレイがなにか答えるより早く、「いや」とシモンが否定する。

「実を言うと、ユウリ、アンドレの居場所ならわかったんだ」

「――え？」

意外な言葉に驚いたユウリが、シモンを見つめて訊き返す。

「居場所がわかったって、本当に？」

「うん」

うなずいたシモンが、「いちおう」と苦笑気味に付け足した。

「メールで、そのことだけは知らせたんだけどね」

「……あ、ごめん」

「いいよ。さっき、向こうのテーブルの上に、君のスマートフォンが置いてあるのを見つけたから、読んでないのはわかっていたし」

ユウリのことは知り尽くしているシモンが、「どっちにしろ」と目の前の小箱に手を伸ばしながら珍しくためらいがちに言う。

「詳しく説明するには、なかなか込み入った話でね」

「なんでもいいから、話して」

「そうだね。――ただ、本当にどこから話せばいいのか」

悩んだ末に、「う〜ん、そうだな」と告げる。

「結論から言うと、アンドレはここにいるんだ」

「――ここにいる?」

びっくりしたユウリが目を見開いて繰り返し、アシュレイもソファーに居丈高に座ったまま目を細めておもしろそうにシモンを見た。

すぐに、ユウリが当然の疑問を口にする。

「……それって、どういうこと?」

「そうだね。まずは、これを見てくれないか?」

そう言ってシモンが革張りの小箱の蓋《ふた》を開け、中から小瓶を取り出した。それは、金台に載った楕円形《だえんけい》の小瓶で、両脇《りょうわき》を金の帯が包み込んでいる。

「……香水瓶?」

訊き返しながら手に取ったユウリが、ハッとしたように小瓶に顔を近づけ、ややあって納得したようにつぶやく。

「ああ、そうか。そういうこと――」

どうやらユウリには「百聞は一見に如《し》かず」だったらしい。もっとも、見えないものを見ることのできるユウリだからこその「一見」だ。

唯一、話から取り残されたアシュレイが、身を乗り出して言う。

「おい、一人で納得してないで説明しろ、ユウリ」

「あ、すみません。……ただ、えっと」

納得したものの、まだ混乱しているユウリが説明に困っていると、シモンが横から「たぶん」と助け船を出す。

「ユウリには状況がわかっても、意味はわからないでしょうから、僕のほうからきちんと説明しますよ」

そう言って、ユウリの手から小瓶を返してもらうと、それを掲げながら言う。

「これは『使い魔の小瓶』というもので、魔女の魔法道具の一つだそうですが、僕の先祖であるアンドレは、現在、この中にとらわれています。――これは僕の推測ですが、マシュー・バイヤールの魂を取り立てに来た妖魔アンドレは、途中である魔女の魔法につかまり、そっちの使い魔としてこの小瓶に閉じこめられてしまったんでしょう」

「魔女の魔法道具の一つ？」

眉《まゆ》をひそめて繰り返したアシュレイが、「ああ、もしかして」と指摘する。

「お前のお騒がせ従兄妹《いとこ》の持ち物か」

もちろん、ナタリーのことを指した言葉で、ユウリも「そうか、ナタリー」と納得するが、シモンがそれを否定した。

「たしかに、直近ではナタリーが持っていたものですが、言ったように、とても込み入った話で、もとは彼女の、亡くなった魔女サークルの大先輩の持ち物でした。それを彼女が形見分けされたんですが、扱い方に困った挙げ句、ナタリーはしばらくロワールの城の地下倉庫に放置していたんです」

その一瞬、ナタリーとのやり取りを思い出したのか、疎ましそうな表情になったシモンが、すぐに「でも」と言う。

「そのうち、その大先輩が夢枕《ゆめまくら》に立つようになったので、ギリシャに出向いてネクロマンシーを行ったところ、その大先輩が現れて、小瓶の中にとらわれている使い魔を解放してやってほしいと頼んできたそうなんです」

ユウリが、話の途中で「ネクロマンシー」と小さく声をあげた。以前、ナタリーがネクロマンシーをした話はユウリも聞いていたが、まさかこんな風に繋がってくるとは夢にも思っていなかったため、感心する。

シモンが「ただ、問題は」と続けた。

「ナタリーがネクロマンシーで聞き出したとおりの方法で使い魔——アンドレ——を呼び出して解放しようとしたら、彼はその小瓶から解放されたくないと駄々をこねてきたそうなんです」

「え、どうして?」

思わずユウリが訊くと、シモンが「それは」と答えた。

「彼が、もう悪魔の使いをしたくないからだって」

「悪魔の使いをしたくない――」

それは、なかなか納得のできる答えであった。なにせ、身代わりで連れ去られたアンドレにしてみれば、ずっと理不尽な状態に置かれていたわけで、それに比べたら、悪魔の支配から逃れられる小瓶の中は天国に近い場所なのだろう。

「……たしかに、そうかも」

ユウリがうなずき、「でも、そうなると」と新たな懸念を示す。

「困ったことになるね」

「うん」

シモンが認め、「今後、僕は」と続けた。

「理不尽な思いを強いられてきたご先祖様をふたたび悪魔の手に委《ゆだ》ねてしまうか、自分がその身代わりとなるかの二択を迫られるわけだ」

「そうだよなあ」

ユウリとしては、シモンを身代わりにする気はさらさらないのだが、かといって、アンドレを元《もと》の木阿弥《もくあみ》にしてしまうのは、明らかに違う気がしている。

ただ、そのためにどうしたらいいかは、さっぱりわからない。

（なにか、どちらも悪魔の手に渡さずにすむいい方法はないのかな……）

ユウリが不満そうに、「だけど、そもそも」と主張する。

「シモンだけでなく、アンドレというご先祖様だって、直接悪魔と取り引きしたわけではないのだから、悪魔の支配を受ける必要はないはずだよ」

「そうだね」

シモンが認める。

「僕もそう思って、昨日からずっとそのことを考えているんだけど」

なかなかいい考えが浮かばないようだ。

すると、行き詰まった二人をあざ笑うように、アシュレイが「俺なら」と告げた。

「三つ目の選択肢を取るがね」

「三つ目の選択肢？」

異口同音に繰り返したシモンとユウリが顔を見合わせてから、それぞれアシュレイに問いかける。そんな抜け道があるなら、ぜひとも知りたいところであった。

先に、シモンが言う。

「三つ目の選択肢とは、なにを指しているんですか？」

「そうですよ。それって、シモンもシモンのご先祖様も、悪魔の手から逃れられる方法があるってことですよね？」

「当然」

認めたアシュレイが、「ということで」と宣言する。

「俺たちは、明日、ギリシャへ飛ぶから、そのつもりでいろ」

3

翌日の夕刻。

仕事の予定を調整したシモンと、ふたたびミッチェルに午後からの店番を押しつける羽目になったユウリは、揃《そろ》ってギリシャ入りし、どこに行くかもわからないまま、空港でレンタカーを借りて待っていたアシュレイと合流し、その運転に身を任せていた。

昨晩、「アルカ」の階上で話して以来、アシュレイとはほとんど口を利いていない。飛行機も別便であったため、当然、その後の説明などあったものではなかった。

そのことに、シモンの苛立ちは募る一方である。振り回されることに慣れているユウリとは違い、自分で物事をコントロールする人生を送っているシモンには、なかなか厳しい状況といえよう。

ただ、他の人間なら絶対についていこうとは思わない雲をつかむような話でも、相手がこのアシュレイとなると、別である。それは、長年の経験でわかっていることで、こんな時のアシュレイは、自分がやろうとしていることに揺るぎない自信を持っている。

だから、ひとまず文句も言わずについてきたシモンであるが、ここに至って、ついに痺《しび》れを切らし、後部座席から「で」と問う。

「アシュレイ、僕たちは、どこに向かっているんですか？」

「当然、行くべき場所だ」

答えにならない答えを返したアシュレイが、小さく笑って「ていうか」とこれ見よがしに嫌みを繰り出す。

「俺にしてみれば自明の理なんだが、一晩寝ても、お前の頭にはこの結論が思い浮かばないってことか？」

小さく肩をすくめたシモンが、訊く。いちいち相手の嫌みを受け止めていたらこちらの神経がすり減ってしまうため、この手の問答は無視するのが一番だ。

「それなら、そろそろ三つ目の選択肢について、教えてはもらえませんかね？」

それに対し、助手席に座るユウリも同調した。

「僕も知りたいです」

そんなユウリをチラッと横目で見て、アシュレイが嘆かわしそうに言った。

「本当にどいつもこいつも、脳味噌《のうみそ》の大半を腐らせて溝《どぶ》に捨てているんだから、もったいない。『持続可能なエネルギー云々《うんぬん》』が聞いて呆れるほどの無駄遣いだな」

「すみません」

素直に謝るユウリからフロントガラスに視線を戻したアシュレイが、「いいか」と言って説明し始めた。

「よく考えてほしいんだが、キャンベルに取り憑いている悪魔が、戻ってこない妖魔アンドレの代わりにベルジュを連れていけると主張しているのは、『カタツムリの這ったあと』、つまりは、アンドレの『血』を辿って——ということだった」

「そうですね」

後部座席で認めたシモンに続いて、ユウリも「それは、わかってます」とうなずく。

するとアシュレイが「だが」と指摘する。

「実は、そこがこの話の肝なんだよ」

「肝？」

「そう。お前たちは失念しているようだが、大前提として、肝心のその『血』の出所が間違っているわけで」

「——どういう意味です？」

「わからないか？」

底光りする青灰色の目を細めたアシュレイが、「その血は」と続けた。

「そもそも、どこにあるものだ？」

「……どこ？」

そこで、少し考え込んだシモンが、すぐに「あ、そうか」と納得した。

「血の契約」

「そのとおりで、悪魔が根拠としているのは、あくまでも契約書に署名された『血』のことであって、それは、当たり前だが、アンドレ・ド・ベルジュではなく、ジャコブ・バイヤールのものだ」

「たしかに」

合点のいったシモンではあったが、ユウリはピンとこなかったようで「それが」と尋ねた。

「シモンのことと、どう関係してくるんですか？」

「アホ。関係は大ありだろう。悪魔は、あくまでも契約時の『血』に縛られ、同時に相手を縛りつけることができると主張しているんだ。そして、今回の場合、契約時に血で署名を行ったのは、現在、とらわれの身となっているアンドレではなく、ジャコブ・バイヤールであり、その血を辿って身代わりを取るというなら、それは、ベルジュではなくバイヤール家の子孫であるべきだろう」

「あ、なるほど」

そんな理論上の抜け道があるとは思いもしなかったユウリが、希望に満ちた表情になるのに対し、シモンのほうは「でも」と応じた。

「正直に言うと、だからといって、今さらバイヤール家の誰かにその責任を負わせるのは気が引けます」

「たしかに、そうだね」

ユウリも同調する。もちろん、シモンの命と天秤《てんびん》にかけるつもりはさらさらないが、先祖の犯した過ちを子孫に肩代わりさせるというのは、やはりなにか違う気がしている。

なんとか、全員が災厄を回避できるよい方法はないものか。

考えていると、アシュレイが「まあ、そうだろうな」と皮肉げに言い、「だから」と主張した。

「それを避けるためにも、俺たちはここに来たわけで」

「ですから」とシモンが訊き返す。

「最初に戻っての質問になりますが、ギリシャでなにをするおつもりなんですか?」

「まだわからないか?」

試すような口振りで応じたアシュレイが、続ける。

「無関係の人間に責任を押しつけたくないなら、俺は、今度こそ関係者――契約した張本人に責任を負わせればいいと思っているんだが」

「契約した張本人って……」

繰り返したシモンが、疑わしげに確認する。

「ジャコブ・バイヤールに……?」

「ああ」

「でも、ご存じのとおり、彼はとっくに死んでいるわけで……」

言いかけたシモンが、そこでいったん言葉を止め、「あ、まさか」となにかに気づいたようにアシュレイを見つめる。

「――だから、ギリシャ？」

「そうだよ」

核心についてはあやふやなまま、アシュレイが認める。

「ようやくわかったか」

「そうですね」

そこで、チラッと気がかりそうな視線をユウリに投げかけつつ、シモンが「つまり」と焦点になっていることをはっきり口にする。

「貴方は、ネクロマンシーでジャコブ・バイヤールの魂を呼び出し、この騒動の責任を取らせようと考えているんですね？」

「そのとおり」

認めたアシュレイが、ハンドルを切りながら続けた。

「奇《く》しくもお前のお騒がせ従兄妹が先んじて行ったように、儀式で呼び出したジャコブの魂を、アンドレ・ド・ベルジュを解放したあとの『使い魔の小瓶』にとらえ、悪魔に渡してやればいい。それが、もともと血の契約を交わした正当な魂であれば、悪魔は受け取るしかないわけで、受け取った以上、契約を交わしていないお前やお前の先祖の魂を連れ去ることはできない」

「なるほど」

それは、理屈の上では完璧《かんぺき》な解決方法に思えた。

紛《まが》うことなき、希望だ。

ただ、「言うは易《やす》し」で、当然、その負担はシモンではなく、すべてユウリにかかることになるため、シモンがその先の言葉をためらっていると、助手席で話を聞いていたユウリがホッとした様子で身を乗り出した。

「よかった。それなら、小瓶の中身の入れ替えさえできれば、シモンやシモンのご先祖様を悪魔の手に渡さずに済むんですね？」

「まあ、そうだが」

ここに来て曖昧《あいまい》な返事をしたアシュレイが、「実際」と付け足した。

「済むかどうかは、お前次第だろう」

やがて、三人を乗せた車は、川沿いの林の中にある古代の神殿跡へとやってきた。

かつてのネクロマンテイオン――、つまりはネクロマンシーを行っていた場所と考えられている神殿跡は、人の気配もなく、夕暮れに染まる景色の中で、もの悲しい荘厳さに包み込まれていた。

時の止まった異空間。

どこかでカラスが鳴いている。

小枝を踏む音が響くほどの静けさの中、地下へと続く階段をおりていった三人は、少し開けた空間にある一枚岩を使った祭壇の前までやってくると、そこで歩みを止めた。

ただし、地下といっても、天井はとっくの昔に崩落しているため、彼らの頭上には暮れなずむ空と、そこに輝く星々が見えている。

「シモン、『使い魔の小瓶』を――」

ユウリに言われ、服のポケットから革張りの小箱を取り出したシモンが、蓋を開けてユウリのほうに差し出す。

その際、澄んだ水色の瞳に懸念の色を浮かべて訊いた。

「本当に、大丈夫なのかい、ユウリ?」

「もちろん。問題ないよ」

小瓶を取り出しながらうなずいたユウリが、小さく笑って付け足した。

「これが正すべき歪みである限り、精霊が加護してくれるから」

それは、ユウリ自身が信じていることであった。

以前、アシュレイに言われたように、悪魔と取り引きしたマシュー・バイヤールの魂は、その正当性を考えると救うべき道は見いだせなかったが、今回は違う。

アンドレもシモンも、悪魔の手に渡されていい命ではない。

だとしたら、アンドレの解放は天の望むところであるはずだし、逆に、みずから契約をかわしながら、その約束を違《たが》えているジャコブの魂は、その権利を主張するモノのところに行くしかない。

ユウリは、それらの歪みを、本来の状態へ戻すための手助けをするだけであった。

シモンから小瓶を受け取ったユウリが、一人で前に進み出る。

一枚岩の上に小瓶を置き、ゆっくり深呼吸してから四大精霊を呼び出す。

「火の精霊《サラマンドラ》、水の精霊《ウンディーネ》、風の精霊《シルフィード》、土の精霊《コボルト》。四元の大いなる力をもって、我を守り、願いを聞き入れたまえ」

すると、夕闇《ゆうやみ》に包まれた林の四方から白く輝く球体がスーッと現れ、ユウリのまわりを光の尾を引きながらまわり始めた。その様子はまるで、ユウリと遊びたがっている四匹の子犬のようである。

その輝きを従えつつ、ユウリが請願を口にする。

「天にあって、人の魂の管理者である偉大なる方に希《こいねが》う。運命の歪みにより魔の手にとらわれし魂をすべてのものから解放し、輝ける場所へと迎え入れたまえ。同時に、人を欺く卑劣な魂を、血の契約に基づき、所有の権利を持つモノのところへ送りたまえ。すべてが、本来あるべき場所に収まるよう、力を貸したまえ」

それから、小瓶の蓋を開いて請願の成就を神に祈る。

「アダ　ギボル　レオラム　アドナイ――」

とたん、それまでユウリにじゃれついていた四つの球体が、まるで獲物を追う猟犬のような勢いで天へと昇り、すぐに互いに絡み合いながら下降してきて、小瓶の中へと入り込んでいった。

直後、透明なガラス瓶の中が爆発したような輝きを帯びる。その輝きはどんどん増していき、小瓶を直視できないほどの光が放たれる。

とっさに腕で目をかばった三人の前で、その輝きの中から小さなオーブが勢いよく飛び出し、天から差し込んできたきらめきの筋に沿って、徐々に上昇し始めた。小瓶にとらわれていたアンドレの魂が、彼を縛りつけていたすべての力から解放され、天界への道を昇り始めたのだ。

それは、小さいながら、なんとも美しい光景であった。

キラキラ
キラキラ
輝きながら昇っていった魂が、夕闇に輝く星の中へと溶け込む。

と――。

それと入れ替わるように、今度は神殿の暗がりがオレンジ色に輝き始め、そこから亡者の嘆きのようなしわがれ声が響いてくる。

――オオオオオオオオオオオオオ

耳をふさぎたくなるような、なんとも耳障りな声である。

やがて、オレンジ色の輝きの中から黒い影が漂い出てきて、なにかに抗《あらが》うように身をよじらせながら小瓶のほうに引き寄せられていった。

それは、最後まで抗うように揺れ動いていたが、ついにはガラス瓶の吸引力に負け、引きずられるようにその中へと消えていく。

その一瞬――。

透明だったガラス瓶が、どす黒く染まった。

だが、それもしばらくすると消えてなくなり、あとには、夕闇に沈む神殿跡の静けさが戻ってきた。

ホッと息をついたユウリが、念のため、小瓶に蓋をする。

そんなユウリの背後に近寄ったシモンが、肩に手を置いて労《ねぎら》った。

「お疲れ様、ユウリ」

「うん」

「それと、心から礼を言うよ。ありがとう」

それに対し、ユウリが照れたようにシモンを見あげて応じる。

「そんなの、ちょっとでも役に立てたら嬉《うれ》しいし、なにより、シモンの身になにもなくて本当によかった」

そんな彼らの背後では、踵を返して歩き出したアシュレイが、「言っておくが」と釘《くぎ》を刺す。

「まだ、全部が終わったわけではないからな」

同じタイミングでメールの着信音を鳴らしたスマートフォンを取り出したシモンが、画面をチェックしたとたん、整った顔をしかめて「たしかに」と認める。

「終わったわけではなさそうですね」

「――もしかして、なにかあった？」

気がかりそうに尋ねたユウリに向かい、シモンが重い口調で答える。

「今、マクケヒトからメールが来て、キャンベルの衰弱が激しく、かなり危ない状態になっているらしい。――とりあえず医務室で休ませているそうだけど、一刻を争うと」

4

アテネからロンドンに向かうチャーター便に乗り込んだ三人は、その夜のうちにセント・ラファエロに到着した。

そして、深更《しんこう》。

校医のマクケヒトの招きで医務室へとやってきたところで、ユウリはやつれ果てたエリオット・キャンベルと対面する。

落ちくぼんだ眼窩《がんか》。

肉の削《そ》げ落ちた頬《ほお》。

悪魔に取り憑かれている彼は、契約こそしていないため、最終的に魂を取られることはないはずだったが、邪悪なものが身の内に巣くっていることで、日に日に衰弱してしまったようだ。

しかも、ベッドを中心に室内には禍々《まがまが》しい気が満ちていて、それをマクケヒトが巡らせた魔除《まよ》けでなんとか防いでいる状態だった。

（これは、やばいかも……）

肩やみぞおちのあたりに強烈な圧迫感を覚えつつ、ベッドの脇に立ったユウリが、キャンベルの青白い顔を見おろしていると――。

突然、パッと。

キャンベルが半身を起こし、ハッとするユウリの前で、首をあらぬ方向に曲げながら目をカッと見開いた。

真っ赤に染まる瞳が、禍々しい気を放ってユウリを見つめる。

とっさに一歩さがったユウリを、後ろからシモンがしっかりと支える。その手から流れ込んでくる陽のエネルギーが、ユウリに勇気を与えてくれた。

だが、そんな一瞬の安寧も、突如響いた声ですぐに破られる。

……遅かったな。てっきりこやつを見捨てたものと思っていたが

地の底から響いてくるようなしゃがれ声。

返事をしそびれたユウリに代わり、戸口の横の壁に寄りかかって室内の様子を睥睨《へいげい》していたアシュレイが、高飛車な口調で言い返す。こんな場に立っても、相変わらず、恐怖の「き」の字も感じていない様子だ。

「遅くなったのは、ご所望の使い魔を見つけてきてやったからだ」

……ほお。アレを見つけたのか？

「ああ」

嘘をついているはずなのに、まったく動ぜず、アシュレイはいけしゃあしゃあと宣言する。

「ついでに、ふたたび逃げ出されないよう、小瓶に閉じこめておいたから、それを持ってとっとと自分の居場所に帰るんだな」

アシュレイの言葉を受け、ユウリが、アンドレの代わりにジャコブの魂を封じ込めた例の「使い魔の小瓶」を差し出した。

それに対し、悪魔に取り憑かれたキャンベルがグッと顔を近づけて小瓶を見る。

（——ばれる）

そう思ってドキリとするユウリの手から小瓶を奪い取ったシモンが、つかつかと窓辺に歩み寄り、窓を開いて挑発した。

「言っただろう。中にいる魂がふたたび逃げ出す前に、これを持って魔界へ帰るんだ」

言うなり、小瓶を夜空に向かって放り投げた。

それを受け、アシュレイが煽《あお》るように宣告する。その手には、ジャコブが悪魔と結んだ契約書があり、ヒラヒラと振りながらの宣告であった。

「ほら、あとはないぞ。──急げ」

と──。

ベッドの上でキャンベルの身体がフワッと浮きあがり、とっさに「ダメだ！」と叫んで両腕を伸ばしたユウリが、その身体を引き寄せながら口中で小さく唱えた。

「天の諸力よ。貴方のものを、悪の手より守りたまえ。憐《あわ》れな子羊を見捨てませぬよう。アダ　ギボル　レオラム　アドナイ──」

とたん。

ドン──、と。

ユウリのほうにキャンベルの重さがかかり、そのまま二人して床に倒れ込みそうになった。

直前でアシュレイに背後から支えられ、なんとか体勢を立て直したユウリは、今度は黒い影となって宙を飛んだ悪魔がシモンのほうへ向かうのを見て、一瞬ヒヤリとする。

だが、幸いなことに、それはとっさに避けたシモンの脇をすり抜けると、そのまま止まることなく小瓶の軌跡を追い、夜の空へと消え去った。

そこで、シモンがすぐさま窓を閉める。

そんなことをしても、悪魔が戻ってこようとしたら無駄であったかもしれないが、悪魔は戻らず、代わりにアシュレイが手にした契約書が、ボッと燃えあがった。

「――アシュレイ」

ユウリが焦ったように名前を呼ぶが、予期していたらしいアシュレイは表情を変えずにそれをゴミ箱の中に落とす。

あわや、火事になるかとユウリは思ったが、契約書が燃え尽きるのを確認したアシュレイからの合図で、臨場していたマクケヒトが、手にしたピッチャーの水を流してあっさり鎮火した。

どうやら了解済みのことであったらしい。

そうして、室内に平安が訪れる。

「――これで、本当に終わりましたね」

ややあってシモンが言い、アシュレイが「ああ」とうなずいて踵を返した。

「ということで、帰るぞ。俺は死にそうに腹が減っている」

それは、ユウリとシモンも同じで、昨日、お昼を食べて以来、ほとんどロクなものを口にしていなかった。

マクケヒトが、そんな彼らを労う。

「よくやってくれたね、ユウリ。また、君に助けられたよ。キャンベルのことは、このあと、僕が責任をもって面倒をみるから、君たちはもう行くといい。ベルジュは、今日も仕事だろうし」

その言葉どおり、時刻はすでに真夜中を過ぎていたため、シモンも「そうですね、ありがとうございます」と答え、ユウリをうながして歩き出す。

「では、お言葉に甘えて――」

ユウリも押し出されるように医務室をあとにしながら、慌てて挨拶する。

「あ、じゃあまた、マクケヒト先生。――理生《りお》によろしく」

「ああ、伝えておくよ」

そこで、三人は、美味《おい》しい朝食にありつくため、一路ロンドンへと戻っていった。

終章

室内にパンの焼けるいい匂《にお》いが漂っている。

セント・ラファエロから無事戻ってきたユウリたちは、そのまま一睡もせずにアルカの上階にある住居スペースで朝食を取ることにした。

自炊に慣れてきたユウリが、冷蔵庫にあったソーセージと卵でオムレツを作り、根菜や野菜を煮込んでコンソメスープに仕立てる。さらに、シモンが瓶詰のホワイトアスパラとレタスでシーザーサラダを作ってくれ、それらを厚切りトーストと一緒に食する。

それ以外にも、果物をふんだんに入れたヨーグルトやシリアルもあって、急ごしらえの割には、なかなか豪勢な朝食になったといえよう。

パンにバターを塗りながら、シモンが残念そうに言う。

「そういえば、なんだかんだ、リオとはほとんど話すことができなかったな」

「あ、そうだね」

ユウリが言い、「まあ、でも」と続ける。

「夏休みは日本に戻るはずだから、またその時に会えるんじゃないかな」

言ったあとで、「そんな気がする……」と付け足した。

すると、新聞を読みながらコーヒーをすすっていたアシュレイが、「お前は」と呆《あき》れたように感想を述べる。

「休むことしか考えてないみたいだな」

「そんなことないですよ。——このあとだって、きちんと店番をしますし」

とたん。

「当たり前だ」

すげなく返された。

シモンとしては、できれば休ませてあげたいところであったが、かくいう彼も、午前中からびっしり仕事の予定が入っている。

社会人は、厳しいのだ。

と——。

コーヒーを飲み終えたアシュレイが新聞を畳み、「ということで」と宣言した。

「俺は寝る。午後まで起こすな」

「——え？」

当然、呆気《あっけ》にとられた二人を残し、アシュレイは悠然と部屋を出ていった。

「……そうか」

ややあって、ユウリがつぶやく。

「なんかちょっと、アシュレイっていいな。羨《うらや》ましいというか、あんな風になってみたいというか」

あれほど自由奔放に生きられたら、それはそれで楽しいかもしれないと思えたのだ。

一方、「そうかい？」と賛同しかねるように応じたシモンが、アシュレイが置いていった新聞に手を伸ばしつつ、小さく欠伸《あくび》を嚙《か》み殺《ころ》して「でも」と反論した。

「やっぱり、願いを叶《かな》えてくれる妖精《ようせい》かなにかに、『お前は、アシュレイになりたいか？』と問われたら、僕は迷わず、『ノン』と言うよ」

母国語での否定に、強い意思がこもっている。

そうやってきっぱり言い切れるあたり、やはりシモンはシモンでかっこいいなと、ユウリは改めて感心する。ぶれない自分を持っている人間というのは、それだけで人を惹《ひ》きつけるものなのだろう。

その後、片づけのために立ちあがったユウリは、空になった食器を運びながら大欠伸をし、涙目でつぶやく。

「やばい。途中で、寝てしまうかも……」

「あまり眠いようなら、バーロウに頼んで、途中で休ませてもらうといい」

なんだかんだ甘いことを言ったシモンの頭上で、壁の時計が六時を告げる。それを見あげたシモンが、続けてつぶやく。

「ああ、もうこんな時間か」

読みかけの新聞を畳んでテーブルの上に置き、代わりに車の鍵《かぎ》を取りながら訊《き》く。

「ごめん、ユウリ。着替えもあるからもう行くけど、構わないかい？」

「もちろん。――気をつけて」

「君もね」

慌ただしく挨拶《あいさつ》をして、シモンが部屋を出ていく。

長く、平穏な一日が始まろうとしていた。

ユウリ・フォーダムの探しもの

カリフォルニアの空の下、肉の焼ける匂《にお》いが若者たちの空腹を刺激する。

「お〜い、焼けたぞ」

ビールジョッキを片手に、トングを器用に操って肉の塊をひっくり返していたアーサー・オニールの一声で、離れた場所にいたユマ・コーエンとエリザベス・グリーンが動き出す。

実はそれまで彼女たちは決して遊んでいたわけではなく、この別荘の持ち主——正確には別荘を保有する会社の経営者一族の一人であるシモン・ド・ベルジュを囲み、真剣に話し込んでいたのだ。

立ちあがりながら、ユマが「ということで」と念を押す。

「あの男、なにをするかわかったものじゃないから、気をつけてね、ベルジュ」

「そうだね」

応じたシモンが、優雅に二人を送り出す。

「貴重な情報を、ありがとう」

だが、二人が立ち去ったあと、その場で考え込んだシモンの白皙《はくせき》の面《おもて》には、夏の陽気にそぐわない翳《かげ》りが浮かんでいた。

白く輝く金の髪。

南の海のように澄んだ水色の瞳《ひとみ》。

翳りさえも高邁《こうまい》な美へと昇華してしまえるほどの容姿と優雅さを持つシモンは、気品のある憂い顔でなおも考える。

というのも、これより少し前。

アメリカでの夏休みを満喫中のユマとエリザベスとユウリ・フォーダムの三人は、残りの男性陣三人が庭でバーベキューの準備をしている間、車を駆って近くのスーパーマーケットまで食料の買い出しに行ったのだが、その帰り道、とんでもない人物に出くわしてしまったのだ。

その名も、コリン・アシュレイ。

悪魔のように頭が切れ、傲岸不遜《ごうがんふそん》が板についたような性格をしているが、なにより困るのが、そのオカルト的好奇心から危険を顧みず、隙《すき》あらばユウリを厄介事に巻き込もうとすることだった。

文句なしの要注意人物だ。

そのアシュレイが、近くにいる――。

ユウリのことを自分の命より大切に思っているシモンにとっては、天敵の襲来だ。

暗雲垂れ込める気分になったシモンが腰をあげてユウリのほうに歩いていくと、オニールのかたわらでみんなの皿に肉を取り分けていたユウリが、ふと顔をあげてつぶやくのが聞こえた。

「……カラスが鳴いている?」

つられて空を見あげたシモンが、少し耳を澄ましてから応じる。

「僕には聞こえなかったけど、肉の焼ける匂いに引き寄せられて、どこかで見張っている可能性はあるね」

「そうか。……そうだよね」

納得したユウリも、その時はそれ以上カラスのことを気にするのはやめたのだが、姿の見えないカラスは、そのあともユウリを苦しめ続けた。

おかげで一晩中《ひとばんじゅう》寝つけなかったユウリは、翌朝、まだみんなが寝ている時刻に起き出し、見えないカラスの探索に出かけた。

絶対、どこかにいるはずなのだ。

声だけのカラスが——。

カリフォルニアの気候は日の出前から実に爽《さわ》やかで、ユウリは別荘の裏手の林道を散歩気分で歩いていく。

と——。

「ユウリ？」

しばらく歩いたところで、ふいに背後から呼び止められた。

振り返ると、ジョギングしていたらしいシモンが、イヤフォンを取りながら驚いた顔で近づいてくる。

「どうしたんだい、ユウリ、こんなに朝早く」

言ったあとでなにかを思いついたように、「あ、まさか」と問いかけた。

「君、懲りもせずにまたアシュレイのところに行こうとしているのではないだろうね？」

あらぬ疑いをかけられたユウリが、最初はポカンとして訊《き》き返す。

「……アシュレイ？」

どうして、その名前が今、出てくるのか。

すぐにはわからなかったユウリだが、ややあって昨日の邂逅《かいこう》を思い出し、「あ、違う、違う」と手を振って答えた。

「そっちじゃなく、僕が気にしているのはカラスのほうだよ」

「カラス？」

意外そうに応じたシモンが、少し考えてから「それは」と問う。

「昨日、バーベキューの時に、君が鳴き声を聞いたとかいうカラスのことかい？」

「そうそう」

うなずいたユウリが、「なんかさあ」とあたりを見まわしながら続けた。

「呼ばれている気がして」

「呼ばれている、ねえ」

それはそれで不気味だし、どこか危険な匂いがしないでもないと思ったシモンが、澄んだ水色の瞳でユウリを見おろし「それなら」と提案する。

「僕も一緒に探すことにするよ」

「え、いいの？」

「もちろん」

そこで、二人してプラプラと歩き出す。

そうして気の向くままにしばらく歩いたところで道が二股《ふたまた》になり、ユウリが「こっちかな」と指さした道をまたてくてくと歩いていく。

やがて、下草の生える道へと足を踏み入れ、なおも歩いた。

そのまま道なき道を進んでいると、前方の茂みの中に、一人の男が立っているのが見えた。

長身痩躯《そうく》。

長めの青黒髪を緩く結わえている。

言わずもがなの人物の登場に、ユウリが真っ先に声をあげた。

「嘘《うそ》。アシュレイ⁉」

奇《く》しくも先ほど否定したばかりの相手との邂逅だ。

あまりに驚いたユウリが、続けて「え、まさか」とあらぬことを口走る。

「あのカラスの鳴き声は、アシュレイが？」

「――は？」

アシュレイのほうでもこの邂逅には少々驚いていたようだが、すぐに若干不機嫌そうな顔になって問い返した。

「お前は、なに寝惚《ねぼ》けたことを言っている？　――カラスの鳴き声だ？」

「そうですけど、あれはアシュレイではない？」

「当たり前だ。なんで、俺がカラスの鳴き真似《まね》なんてしなきゃならない」

「ですよね。――ああ、びっくりした」

ホッとして応じたユウリに、青灰色の瞳を光らせたアシュレイが「だが、そう言うからには」と推測する。

「お前は、ふつうではないカラスの鳴き声を聞いて、ここまで来たんだな？」

「ええ、まあ、そうですね」

曖昧《あいまい》さを残しつつ肯定したユウリが、こめかみに指を当てて悩ましげに「もっとも」と言い添える。

「ふつうではないというか、むしろ至ってふつうというか、とにかくなにか切々と訴えている気がして探していました。昨日からずっと、見つけてほしそうな声で鳴いていましたから……」

「なるほど」

得心したように応じたアシュレイが青灰色の瞳を妖《あや》しげに細め、そそのかすように「だとしたら」と続けた。

「お前は、その答えを知りたいだろう？」

「——もちろん、知りたいですけど」

認めたユウリが、一度シモンと視線をかわしてから前のめりになって尋ねる。

「ということは、アシュレイにはわかるんですか？」

「当然」

相変わらず揺るぎない自信を示して傲岸に言い放ち、アシュレイは、自分が立っている場所の足下を顎《あご》で示して教えた。

「おそらく、鳴いていたのはそいつだろう」

そこでユウリとシモンがそれぞれ移動したり身体《からだ》を伸ばしたりして示された場所を覗《のぞ》き込むと、そこには朽ちかけた杭《くい》と、その先端にとまる木彫りのカラスが見えた。

「あ、カラスだ！」

ユウリが言い、シモンも「本当だ」と少し驚いたようにつぶやく。

ユウリが、アシュレイを振り返って尋ねた。

「これ、なんですか？」

もちろん、アシュレイだってなんでもかんでも知っているわけではないはずだが、博覧強記を誇る彼はあっさり「これは」と答えてくれる。

「一種のトーテムポールだよ」

「トーテムポール？」

どこか疑わしげに、ユウリは繰り返す。

なぜなら、ユウリもトーテムポールについてはいろいろと知ったばかりだが、目の前のものは、それらの概念を覆すようなものだからだ。

首を傾《かし》げるユウリに、アシュレイが「もっとも」と説明を加えた。

「トーテムポールの中でも珍しい部類に入るもので、一般に『はずかしめのポール』と呼ばれているものだ」

「『はずかしめのポール』……？」

それは、どう考えても、あまりいいものとは思えない。

その予想を覆さず、アシュレイが「要は」と淡々と説明してくれた。

「部族間で約束事が守られなかった時に、相手の部族を象徴するものを立ててその非を公言する、それが『はずかしめのポール』だ。――つまり、この場合で言うなら、カラスを象徴《シンボル》とする部族がなんらかの約束事を反故《ほご》にしたため、こうしてはずかしめを受けたということになるのだろう」

「へえ」

奥が深いと感心しつつ、ユウリが手を伸ばして朽ちた木彫りのカラスに触る。

「だとしたら、かわいそうに、当初の目的を知る人もなくこうして忘れ去られたまま残されて、すごく淋《さみ》しかったんだろうな」

同情するユウリを見て、アシュレイが「まあでも」と空をクルクルと指さして示唆した。

「これのおかげで、このあたりには本物のカラスが寄りつかないとも考えられるが」

「ああ、たしかに」

つられて空を見あげたユウリが納得する。

昨日からずっとカラスのことを気にかけていたが、本物のカラスが飛び交う姿をいっさい見ていない。

つまり、これの居場所はここであり、今後もここにあり続ける運命なのだろう。

「謎《なぞ》が解けたところで」と、アシュレイが居丈高に宣言した。

「こうして貴重な情報を提供してやった礼として、お前には今夜、こっちの片づけものを手伝ってもらうから、そのつもりでいろ。――時間と場所は追ってメールで指示する」

「え？」

突然のことにびっくりして言葉を失うユウリに対し、白皙の面をしかめたシモンがすかさず言い返した。

「なんですか、それ。――親切の押し売りも甚だしい」

「バカ言うな。正当な取引だろう」

「どこが――」

忌々《いまいま》しそうに応じたシモンが、「ユウリ」と忠告する。

「こんなバカげた話に耳を貸す必要はないよ」

「そうだけど、でも」

気がかりそうなユウリを見て、埒《らち》があかないと思ったらしいシモンが、その腕を取って有無を言わさず歩き出す。

その背に向かい、「言っておくが」とアシュレイが物騒なことを言い放った。

「もし、この約束事を反故にしたら、ハムステッドヒースに『はずかしめのポール』を立ててやるから、覚悟しろ」

ロンドンの地名をあげられ、シモンと一緒に歩きながらユウリは「う～ん」と真剣に悩む。

（それはいやかも……）

結局、このあとどうなるかは目に見えていて、なんだかんだ、アシュレイの魔の手から逃れられないユウリであった。

コリン・アシュレイの片づけもの

1

「……それで、西海岸にある別荘を相続しましてね」

ニューヨークの五番街に佇《たたず》む高級マンションの一室。

アンティーク調のソファーに腰かけて語る男の前で、コリン・アシュレイは少々面倒くさそうな表情を浮かべた。

長身痩軀《そうく》。底光りする青灰色の瞳《ひとみ》。

長めの青黒髪を首の後ろで緩く結わえ、黒で統一した服をまとう姿は、まさに「悪魔の申し子」と呼ぶにふさわしい。

その彼が、ある用事のために渡米し、ようやく帰国の途につこうとした矢先、ロンドンにいる古馴染《ふるなじ》みの人物から連絡が入った。

「ミスター・シン」と呼ばれるその男は、本物の霊能者であり、各国からいわくつきの代物――霊的障害を引き起こすとされる品々――を預かったり引き取ったりして生計を立てているのだが、その彼によると、これから頼もうとしている案件は、アシュレイも多少世話になったことのある人物からの紹介ということで、せっかくニューヨークにいるのだから、ひとまず話だけでも聞いてきてほしいと頼まれた。

それでしかたなく、こうしてわざわざやってきたのだが、どうも雲行きが怪しい。

先ほどからちょこちょこ挟まれる自慢話に嫌気がさし、アシュレイの食指はまったくと言っていいほど動いていなかった。

そんなアシュレイの機嫌などそっちのけで、男が「というのも」と説明を続ける。

「少し前に遠縁が亡くなって、他に親戚《しんせき》がいないということで、この僕にお鉢がまわってきたわけなんですが、これが立地といい建物といい、申し分ない物件で」

そのわりに口調があまり晴れやかでないのを受け、アシュレイがこれ以上よけいな話を聞かなくてすむよう手短に問う。

「だが、その申し分ないはずの物件に、なにか問題があった？」

「ええ、そうです」

うなずいた男が、「ぶっちゃけ」とぞんざいな口調で告げる。

「相続したのは、家だけではなかったようで」

「へえ？」

口の端で笑ったアシュレイが、「ということは」と推測する。

「その家に取《と》り憑《つ》いている悪霊かなにかも、一緒に相続してしまったとか？」

半分冗談のつもりであったが、「まさに、そのとおり」と応じた男が、その勢いで現実離れした話を披露する。

「その別荘、朝な夕なに化け物が出るんですよ。そいつが、なにか探しものでもしているのか、やたらと騒音をたてまくる。――で、この件を相談した霊能者の話では、騒音の正体は巨大な熊《くま》の姿をした悪魔だそうで、まあ、恐ろしいとしか言いようがない」

「――熊?」

「ええ」

うなずいたあと、男は興奮した口調を鎮めるように「とはいえ」と責任をかわした。

「あくまでも霊能者の言であって、私が直接見たわけではありませんがね」

「だろうな」

「でも、謎《なぞ》の騒音は、間違いなく聞きました」

「ふうん」

ここまで聞いてもあまり乗り気ではない素振りのアシュレイを見て、男が「本当に」と言い訳する。

「お気持ちはわかりますよ。カリフォルニアの青い空と化け物や悪魔なんて、実にミスマッチで滑稽《こっけい》ですらありますが、以前の持ち主が――噂《うわさ》ではかなり偏屈な独居老人だったそうですけど――、オカルトに関心があったらしく、蔵書にもその手のものがたくさん残されているんです」

「蔵書にね」

その一瞬、アシュレイの底光りする青灰色の瞳がわずかに輝くが、男は気づいた様子もなく、「そんなふうだから」と続けた。

「彼の突然死も、夜な夜な悪魔を呼び出す儀式でもやっていて、そのうちの一つに襲われて死んだのではないかと話す人間もいるくらいで」

忌《い》まわしげに言って、男は「正直」と心情を吐露した。

「私自身はといえば、その手のものにからっきし興味がなく、近々、蔵書もすべて売り払ってしまおうと考えています」

「へえ」

「ただ、売るにしても、とにかく、その化け物だか悪魔だかの存在をどうにかしないと落ち着いて整理整頓《せいとん》もできやしない。……近所でも噂になっているようだし」

かぶりを振って嘆いた男が、「そんな折」と続けた。

「ある人物から、キング氏が抱え込んだ有名な幽霊屋敷の霊的問題を、『ミスター・シン』の愛弟子《まなでし》である貴方《あなた》が見事に片づけたと伝え聞いて、こうして、知り合いを通じて連絡させてもらった次第です」

「愛弟子？」

「はい。あるいは、懐刀《ふところがたな》と――」

「どっちにしろ、ずいぶんとふざけた情報が飛び交っているもんだ」

明らかに機嫌を損ねた様子のアシュレイを、男が困惑気味に見る。

彼にしてみれば、著名な霊能者の愛弟子と認識されるのは名誉なことだと思っているのだろうが、天よりも高いプライドの持ち主であるアシュレイは孤高を好み、決して誰かの「弟子」になどなったりしない。

そう思われるのすら、屈辱であるはずだ。でも、だからといって、会ったばかりの人間を相手に躍起になって反論するのもバカらしい。

ソファーの肘掛《ひじか》けにもたれて考え込むアシュレイに、男が、「もちろん」と懐柔するように条件を提示する。

「もし無事に騒音現象が収まった暁には、以前の持ち主の蔵書の中から、なんでもお好きなものを一冊選んで持っていってもらって構いませんので。——ちなみに、下手に金額交渉をするより、貴方にはそのほうがいいと伺っています」

「なるほど」

たしかに、その別荘の以前の所有者が、かなり名の知られた魔術書の蒐集家《しゅうしゅうか》であったことはアシュレイも調べ上げていて、おそらく書棚を探せば、掘り出し物の一つや二つ、簡単に見つけられると踏んでいる。

そこで、ようやく食指を動かされたアシュレイが、「いいだろう」と請け合った。

「その依頼、引き受けようじゃないか」

2

翌日。

男が相続したという西海岸の別荘にやってきたアシュレイは、門の前で車を停《と》め、サングラス越しに建物を見あげた。

西海岸っぽい開放感こそなかったが、高い門扉の向こうにはヤシの木と立派な建物が見えていて、あらかじめ聞いていたとおり、なかなかの物件であるのがわかる。

外観を眺めながら、アシュレイは「それにしても」と考えた。

（熊の姿をした悪魔、ねえ）

アシュレイの知る限り、人間界に現れる時に熊の姿を取ると言われている悪魔は何名かいる。

ただ、それがのべつ幕なしに暴れ回るというのは、どうなのか。

アシュレイの感覚だと、そのことには少々違和感があった。

ハリウッド映画の影響もあるのだろうが、アメリカの悪魔というのは、とにかく騒々しく、下劣に思われがちだが、もともと虐げられた神々である彼らは、もっと教養高く洗練された存在である場合が多い。

そう考えると、キリスト教の悪魔祓い師《エクソシスト》たちが対峙《たいじ》する悪魔というのは、ほとんどが下等な怨霊《おんりょう》の類《たぐ》いか、でなければ取り憑かれた人間自身が放つマイナスのエネルギーが顕現した形にすぎないのだろう。

では、今回のケースはどちらなのか。

話を聞く限り、この別荘を鑑定したという霊能者は、対象を霊視することはできたものの、真実に辿《たど》り着くだけの知恵はなかったようだ。

その点、アシュレイに抜かりはない。

ここに来るまでに以前の持ち主について徹底的に調べてきた彼は、すでにある程度の真相には辿り着いていたが、残念ながら、決定打に欠けている。

そして、それを知るには、もっと実力のある霊能者が必要だ。

正直、調査や洞察ならとてつもない才能を発揮するアシュレイも、見えないものを視《み》ることに関してだけはどうやってもままならず、それがおのれの限界だと自覚している。

今回の件にしても、情報ばかりが手元に集まり、肝心の実体が欠けていた。

（……さて、どうしたものか）

考えながら車を降りた彼の背後で、その時、キキッとブレーキを踏む音がして、間髪を容《い》れずに「ほら～」と女性の声が響いた。

「やっぱりいた。——言ったでしょう。悪魔を見たって」

振り返ると、そこにイギリスが誇る高級車のエンブレムのついたオープンカーが停まっていて、見事なくらい見たことのある顔が並んでいる。

おそらく今しがたの声は、運転席にいるユマ・コーエンのものだろう。

その隣には金髪美人の代表のようなエリザベス・グリーンがいて、エメラルド色の瞳を細めてアシュレイのことを睨《にら》んでいた。

「たしかにいたわね。びっくりだけど、本当だった」

だが、アシュレイの視線はそれらの魅力的な女性陣の上をサッと通り過ぎると、最終的に後部座席に座ったままポカンとした顔でこちらを見ているユウリ・フォーダムの上で止まった。

東洋的な風貌《ふうぼう》をした品のよい雰囲気を持つユウリは、アシュレイと目が合ったところで驚きをそのまま口にする。

「……え、なんで、アシュレイが？」

ここにいるのか。

それに対し、アシュレイが「なるほどねえ」と口の端をおもしろそうに引きあげた。

「これぞまさに、『求めよ、さらば与えられん』ってやつだな」

彼らは、少し前に東海岸のある場所で会ったばかりだが、その後、観光のために西海岸に移動したユウリとその友人たちが、どこに向かうかまでは、アシュレイにはわかっていなかった。

そもそも興味がなくて放っておいただけのことだが、今回の件で必要に迫られ、これから調べようと思っていた矢先の邂逅《かいこう》である。

なにせ、ユウリといえばとてつもない霊能力の持ち主であり、今のアシュレイには必須《ひっす》のアイテムだ。その上で、驚くような偶然であったが、依頼者が相続した問題の別荘の斜《はす》向《む》かいの屋敷に、ユウリたち御一行は宿泊しているらしい。

アシュレイにとって幸いなことに、今現在、この場にはユウリの親友の座を誇示するシモン・ド・ベルジュや英国俳優のアーサー・オニール、年下で生意気なエドモンド・オスカーといった小賢《こざか》しい連中の姿が見えない。さしずめ邸内でバーベキューの準備でもしているのだろう。

だとしたら、ここにいる女性陣とユウリは、おそらく買い出しだ。

そのあたりの事情を瞬時に見て取ったアシュレイに対し、車を降り立ったユマが果敢にも食ってかかる。

「ちょっと、なんで、貴方がここにいるわけ?」

それに対し、青灰色の瞳を鬱陶《うっとう》しそうに向けたアシュレイが、「安心しろ」と冷たく応じる。

「少なくとも、お前たちの能天気なバーベキューにお呼ばれしたいわけじゃない」

「当たり前でしょう！　誰が貴方なんか招待するものですか。――だいたい、なんでバーベキューのことを知っているのよ、気持ち悪い」

攻撃的に言い返したユマが、「どうでもいいけど」と指を突きつけて宣言する。

「ユウリに近づかないでよね。わかっていると思うけど、ここにはベルジュだって来ているんだから」

堅牢《けんろう》な防護壁のようにその名をあげたユマを、背後からユウリが警告するように呼ぶ。

「――ユマ」

「だって、そうでも言わないと、この人、ユウリになにをするかわかったものじゃないし」

それに対し、アシュレイが鼻で笑って言い返す。

「俺がどうするにせよ、ベルジュの名がそれほど役に立つとは思わないが、ま、せいぜい用心するよう、伝えておけ」

それだけ言うと、アシュレイはもう彼らに用はないと言わんばかりに背を向けて歩き出した。

しかも、その足取りは軽い。

なにせ、彼にしてみたら、これで手間が一つ省けたのだ。

どっちがどこにいようと、ユウリを呼び寄せることなどアシュレイにとっては朝飯前であったが、それでも手間は手間だ。省けるに越したことはない。

今回の場合、おそらくよけいなおまけがついてくるのは避けられないだろうが、それでも十分であった。

「来た《ウェーニー》、見た《ウィーディー》、勝った《ウィーキー》。——しかも、楽勝ってやつだ」

そうつぶやいて、アシュレイは周辺の散策へと出かけていった。

3

翌日の夜。

ユウリは、アシュレイがメールで指定したとおりの時刻にやってきた。

依頼主の別荘でユウリを迎えたアシュレイは、ユウリの背後に守護神のように立っているシモン・ド・ベルジュにチラッと視線を流してから、ユウリに対してお定まりの文句を言う。

「俺は、お供を連れてきていいとは一言も言っていないはずだが？」

もちろん、「お供」とはシモンのことで、どちらかと言えば、お供というより王者の風格を漂わせたシモンが、呆《あき》れたように「バカバカしい」と答えた。

「そんな都合のいい話がないことくらい、察しのいい貴方なら、当然予想していたでしょう。本来なら、ここに来ること自体、どうかしているわけですし」

白く輝く金の髪。

南の海のように透き通った水色の瞳。

ギリシャ神話の神々も色褪《いろあ》せるほどの美貌《びぼう》を誇るシモンを底光りする青灰色の瞳で鬱陶しそうにとらえたアシュレイが、「だったら」と鋭く返した。

「来なきゃいいだろう。——誰も、お前に来いとは言っていないからな」

「だから、僕ではなく、ユウリの話ですよ」

ピシャリと言ったシモンが、「そもそも」と続ける。

「こんな場所にユウリを呼び出して、いったいなにをさせようとしているんです？」

「は。そんなの、決まっている」

ユウリの後頭部を摑《つか》んでグッと自分のほうに引き寄せながら、アシュレイが当然のごとく言い放つ。

「ナマケモノのこいつにできることと言ったら、寝ることと食べること、あとは化け物退治くらいだからな」

「——ひどい」

アシュレイの腕の中で小さく抗議したユウリを救い出しつつ、シモンが確認する。

「つまり、この家に化け物が出ると？」

「ああ」

短く答えたアシュレイが、再度ユウリを引き寄せるのを諦《あきら》め、先に立って歩きながらシモンに問いかけた。

「実際、お前だって、ご近所さんなら噂くらい聞いているだろう？」

「……ええ、まあ」

渋々認めたシモンが、正直に答える。

「事前の調査で、いくつかそんな話は出ていたようですけど」

「ほらみろ」

勝ち誇ったように言い、アシュレイが尋ねる。

「たとえば？」

「たとえば、そうですね」

少し考え込んでから、シモンは答えた。

「この家の住人であったヘンドリック氏は、かなり偏屈で人付き合いが悪く、夜な夜な悪魔を呼び出す儀式を行う悪魔主義者であったと」

実のところ、シモン自身、その報告を聞いた時点で若干いやな予感がしないでもなかったが、相手はすでに故人ということもあり、「問題なし」と判断したのだ。それに、たとえなにかあったとしても、彼らの場合、夏休み中の短い滞在であるため、いざとなったら宿泊先を替えればいいだけのことであった。

そう考えて安穏としていたが、どうやら考えが甘かった。

このとおり、問題は大ありである。

後悔の色を顔ににじませているシモンに対し、アシュレイが「ちなみに」と教える。

「ジョン・ヘンドリックの母方の姓は『クロウ』といい、この別荘はその母方の祖母から受け継いだものらしい」

「クロウ?」

ユウリとシモンが同時に言って、顔を見合わせる。それから、シモンが少々げんなりした口調で続けた。

「ここに来て、また『カラス《クロウ》』か」

「また」というのは、彼らは、この朝、別件でカラスを探したばかりだからだ。

そんなシモンの言葉に反応したわけではないだろうが、そのタイミングで、家の奥でガタガタと大きな音がした。誰かが壁を叩《たた》いたか床を蹴《け》ったような音で、ハッとして足を止めたシモンが訊《き》く。

「――もしや、僕たちの他にも、誰かいるんですか?」

「まさか。俺一人だ」

「それなら、今の音は?」

「さあ?」

両手を開いて応じたアシュレイが「だが、言ったはずだ」と答える。

「この家には化け物がいる、と」

冗談めかしてはいるが、案外本気のようである。真面目《まじめ》に化け物か、それに類するなにかがいると考えているらしい。

それは、ふつうに考えたら一笑に付すようなことであったが、この手のことでアシュレイが嘘《うそ》をつくとは思えないし、もとより、なにもないようなところにわざわざ足を運ぶほど閑人《ひまじん》ではない。

つまり、たしかにいるのだろう。

この家の中には、「化け物」と呼ばれるようななにかが——。

アシュレイが続ける。

「この家を霊視したことのある霊能者の話では、騒音の原因は、熊の姿をした悪魔だそうだが……」

それに対し、「悪魔……？」とつぶやいてスッと二人のそばを離れたユウリが、なにかのあとを追うように足早に歩き始めた。

「いや、たぶん、これは悪魔ではなく……」

そのまま無防備に屋敷の奥へ向かおうとするユウリを、シモンが引き止める。

「待った、ユウリ——」

だが、今度はそんなシモンを、アシュレイが腕を伸ばして止めた。

「邪魔するなら、即刻出ていけ、ベルジュ」

「ご冗談を。——それより、どんな危険が待っているかわからない場所に、ユウリを行かせるわけには」

「だから、それが邪魔だと言っている。俺がいるんだ、危険はない」

いったい、どうしたらそこまでの自信が持てるのかはわからなかったが、ひとまず、ユウリの様子を見て、差し迫った危険はなさそうだと判断したシモンは、小さく溜息《ためいき》をついて妥協し、アシュレイとともにユウリのあとを追うことにした。なにせ、肝心のユウリが、二人のことなどお構いなしにどんどん進んでいってしまうため、むしろここで口論を続けているよりはそのほうが安全そうに思えたのだ。

そんな彼らのまわりでは、ガタン、ドタン、ガタガタといろいろなものが揺れ動き、移動する。

テーブル、椅子《いす》、箪笥《たんす》、本棚。

攻撃こそされないものの、あらゆるものが、動いたり止まったり、閉じたり開いたりしている。

紛《まが》うことなきポルターガイスト現象だ。

ふつうなら恐怖で縮み上がってしまいそうな中、相変わらずなにかを追うように階段を足早にあがったユウリは、廊下を進み屋敷の最奥部まで歩いていったが、ついにそこで立ち止まると、戸惑ったようにあたりを見まわした。

「……あれ、変だな」

どうやら、追っていたものを見失ったらしい。

右を見て、左を見て、ふたたび右を見て、首を傾《かし》げる。

「どこに行ったんだろう？」

　おそらく独り言であろうが、すぐ後ろにいたアシュレイとシモンが顔を見合わせ、先にシモンが訊いた。

「どこに行ったって、ユウリ、なにがだい？」

「熊だよ」

「熊？」

「そう。アシュレイの言うとおり、たしかに、この家には熊がうろつきまわっているんだけど、それはどうも悪魔とかが顕現した姿ではなく、本物の熊みたいなんだ。――あるいは、熊の精霊」

「熊の精霊……？」

　繰り返したシモンがなかば感心したような、それでいて呆れたような口調で「それなら」と問う。

「さっきからああした音をたてているのは、その熊の精霊ということ？」

「ううん。違う」

「あ、違うんだ？」

「そうだね。音をたてているのは、たぶん、前の住人かな。――わからないけど、熊を追い払おうと必死なんだよ」

「熊を追い払う……？」

意外そうに繰り返したシモンが、「ということは」とユウリの口を通して語られた情報を整理する。

「ここには、前の住人らしき人間の幽霊と熊の精霊が存在しているってことかい？」

「そうなるね」

すると、いつの間にか近くの扉を開け、倉庫のような場所から先端にフックのついた長い棒を取り出していたアシュレイが、「だとしたら」と得心顔で言った。

「俺は、とても納得がいく」

「そうなんですか？」

勝手に納得されても困るが、アシュレイとはそういう人間である。手持ちのカードが尽きることがない。

そんなアシュレイが「いいか」と人さし指をあげて説明する。

「一度しか言わないから、よく聞けよ。——このあたりには、かつて、ワタリガラスを象徴《シンボル》とするネイティブ・アメリカンの部族が暮らしていたようなんだが、ある時、熊を象徴としていた近くの部族との間に諍《いさか》いを起こし、両者の間でかわされていた約束事を反故《ほご》にしたそうなんだ」

「約束事を反故に……」

シモンが、思案深げに繰り返す。

部族間の取り決めは神聖で、厳粛に守られなければならない。

それが、抗争をなくすための手段だからだ。

アシュレイが「それで」と続ける。

「怒った熊を象徴とする部族のほうは、約束事の履行を命じる証書を作成し、さらに、反故にされた事実を、相手をはずかしめるような形で公開した。――例の『はずかしめのポール』だな」

「……ああ、あれ」

「あれか」

ユウリとシモンが同時に納得する。

今朝方、姿の見えないカラスを探して歩いていた際、偶然出くわしたアシュレイに教えてもらったのが、「はずかしめのポール」だ。

こんなところで話が繋《つな》がるのかと苦々しい表情をしたユウリとシモンの前で、フックの先端を天井の突起にかけたアシュレイが、それを引いて屋根裏にあがるための梯子《はしご》を降ろした。その動作には、一片の迷いもない。

まるで自分の別荘であるかのように振る舞うアシュレイを複雑そうに眺めながら、シモンが尋ねる。

「ということは、よくわかりませんが、約束を反故にされた恨みが残っていて——、あるいは、熊の精霊が、反故にされた約束を履行させるために、クロウ家の血を引く以前の住人をワタリガラスの部族の子孫として追っているということでしょうか?」

これまでの話を総合すると、そういう結論にならざるを得ないのだが、アシュレイはあっさり否定する。

「残念ながら、事はそれほど単純ではない」

「そうなんですか?」

「ああ。そこまで単純にするには、時代が離れすぎているんだろう」

応じたアシュレイは、梯子をのぼりながら説明を再開する。

「それより、父方が、オランダ系移民の子孫であるヘンドリックの備忘録によれば、やつはクロウ家の歴史などにはいっさい興味がなく、その代わり、噂に違《たが》わず、再三にわたって黒魔術の実践を試みていたようで、しかも、そのどれもが失敗に終わっている。——当たり前だが、才能のないやつがどれほど頑張ったところで、小さな炎一つ自由には動かせないのが、この世界だからな」

辛辣《しんらつ》に言いながらチラッとユウリを見た青灰色の瞳には、憐《あわ》れなヘンドリックとは対照的にあり余る才能を有するユウリをそばに置いていることでの優越感のようなものが垣間《かいま》見《み》えた。

察したシモンが厭《いと》わしそうに小さく天を仰ぐうちにも、アシュレイが「そんな、ある日」と話を続ける。

「ヘンドリックは、この屋根裏で、クロウ家に伝わっていたと思われる絵文字を使った古い証書を見つけた。――ただ、彼は、それを部族間同士の約束事について書かれたものだとは露ほども思わず、クロウ家の先祖が悪魔とかわした契約書だと勘違いし、あろうことか、その証書を使ってネクロマンシーを試みたらしい。そして、皮肉にも、それが彼にとって唯一の成功例になった」

「ネクロマンシーって……」

ユウリが繰り返す横で、シモンが言い換えた。

「死者への呼びかけのようなものでしたっけ?」

「そのとおり。この場合は、契約した悪魔への呼びかけのつもりだったんだろうが、言ったように、完全なる誤解だ」

「なるほどねえ」

呆れ気味に納得したシモンが、「ということは」と推測する。

「もしかして、ネクロマンシーが成功した結果、その証書を作成した熊を象徴とする部族の人間が降りてきて、取り立てでも始めたんですかね?」

尋ねたあとで、「ああ、でも」とみずから考えを正す。

「ユウリが視たのが熊か熊の精霊ということなら、契約を保証する精霊そのものが降りてきているということになるのか……」

「たしかに、そのあたりの実態については、残念ながら、俺にもはっきりしたことはわからなかったんだが」

言いながら、屋根裏にあがったアシュレイが、奥の暗がりを懐中電灯で照らしながら教えた。

「今日の昼間、ここでこんなものを見つけた」

丸い光の中に照らし出されたのは、なんとも恐ろしげな仮面だった。

壁にかかった木彫りの仮面。

大きな鼻と剝《む》きだしになった歯が特徴的だ。

あとから屋根裏にあがったシモンが、言う。

「これはまた、なんとも不気味な仮面ですね。見ようによっては、悪魔にも見えるし」

「まあ、そうだな。おそらく、ヘンドリックも、これを見て証書の相手が悪魔だと思い込んだんだろう」

二人の会話に対し、最後に屋根裏にあがったユウリが、「あ、でも、これ」と納得したように言う。

「たぶん、これです。これが、ここにいる熊の正体です」

ユウリの言葉に、アシュレイがうなずく。

「やっぱり、か」

アシュレイの場合、熊の精霊をその目で視ることは敵《かな》わなかったが、独自の調査結果を踏まえてユウリと同じ結論を導き出していた。

そのことを教える。

「ネイティブ・アメリカンが表現する動物の特徴として、大きな鼻と剝きだしの歯は、熊であることが多い。ただ、正直、すでに、そのほとんどが失われてしまっている文化であれば、この仮面がなにを意味するのか、正確に知る人間はもういないだろう。実に、残念なことだよ。――とはいえ、少なくとも、彼らの風習において、仮面をつけることは、すなわちその精霊が降りるということであれば、この仮面を通じて熊の精霊が降りてきていたとしても、おかしくはない」

「そうですね」

うなずいたユウリが、仮面に近づき、それを手に取って言う。

「ただ、今回、黒魔術の儀式で呼び出されてしまった熊の精霊のほうは、相手の要求が本来の呼び出しとは違うことに戸惑い、一刻も早く、もといた世界に戻りたがっているみたいなんです」

「――え？」

ユウリの背後で、シモンが意外そうに訊き返した。

「ということは、今起きている現象は、かつて反故にされた約束事とは、本当にまったく無関係ということかい？」

「たぶんね。――もちろん、断言することはできないけど、アシュレイが言うとおり、おそらく古すぎて、約束をかわした人間たちの魂はとっくに無に帰しているんだと思う。それで、しかたなく証書の保証にあげられている熊の精霊のほうが呼び出しに応じたんじゃないかな」

「なるほど」

そんな呼び出しなど放っておけばいいのに、律儀な精霊である。

でなければ、それだけ、人間と自然界が近い存在であったということか。

ユウリが「ということで」と結論づける。

「熊の精霊が呼び出されたのが、その、かつて作られた証書を通じてであるなら、彼をこの地に縛り付けているのも、まさにその証書であるわけで、きっと、その証書を燃やすかなにかしてあげれば、熊の精霊も解き放たれるはずです」

すると、結果を予測していたらしいアシュレイが、「方法がわかったのなら」と居丈高に命令する。

「ちんたらしていないで、とっとと、その熊の精霊とやらをこの状況から解放してやれ」

とたん、水色の瞳でアシュレイを睨んだシモンが、「それが」と文句を言う。

「人にものを頼む態度ですかね？」

「違うな。そもそも頼むつもりもない。――今朝も言ったはずだが、これはあくまでも正当な取引であり、知ってのとおり、見えないカラスの謎を解いてやった代わりに、こいつは俺に奉仕する義務がある」

「だから、それこそ今朝も言いましたが――」

冷ややかな眼差《まなざ》しでアシュレイを睨んだシモンが抗議しようとするが、当のユウリがシモンを振り返って苦笑交じりになだめた。

「いいんだ、シモン。僕のことなら気にしないで」

「よくないよ、ユウリ」

「ありがとう、心配してくれて。――でも、本当に問題ないから」

珍しく少し強めに主張すると、ユウリはアシュレイのほうへ向き直り、「それで」と尋ねた。

「問題の証書はどこですか？　――当然、持っているんですよね？」

「ああ」

認めたアシュレイがポケットから古びた厚手の紙を取り出し、ユウリに向かって差し出した。

「これだよ」

受け取ったユウリは、その場で四大精霊を呼び出す。

ユウリの場合、正すべき道筋さえわかってしまえば、やることはさほど困難をともなわない。ユウリの意思は宇宙の黄金律《おうごんりつ》に従う精霊たちの意思であり、そこが一致している限り、彼はあくまでも仲介者に過ぎないと自覚しているからだ。

「火の精霊《サラマンドラ》、水の精霊《ウンディーネ》、風の精霊《シルフィード》、土の精霊《コボルト》。四元の大いなる力をもって、我を守り、願いを聞き入れたまえ」

呼び出しに応じ、四方から白い光が寄り集まってきてユウリのまわりを戯れるように浮遊し始める。

それを温かい目で見守りながら、ユウリが請願を口にする。

「ここに、呼び覚まされた偉大なる精霊を解放し、魂の平安をもたらしたまえ。偽りの呼び出しを解き、あるべき場所へと送りたまえ」

最後に、請願の成就を神に祈る。

「アダ　ギボル　レオラム　アドナイ」

とたん、周囲を漂っていた白い光が、いっせいにユウリの手にしている証書の中へと吸い込まれていく。

すぐに、ポッと。

証書から青白い炎があがり、ユウリの手の中で燃えていく。

「──ユウリ!」

驚いたシモンが慌てて払いのけようとしたが、顔をあげたユウリは首を横に振って安心させるように告げた。

「大丈夫だよ、シモン。熱くないから」

その言葉どおり、ユウリは涼しい顔で証書が燃えていくのを見つめ続け、燃え尽きたのを確認すると、静かに腕を振りあげ、まさに太古の魔法使いかなにかのように青白い炎を宙で消し去った。

相変わらず、見事としか言いようのない能力だ。

「──たぶん、これで大丈夫です」

ユウリの言葉に対し、アシュレイが短く労《ねぎら》う。

「ご苦労」

「いえ」

謙虚に応じたユウリが、「ああ、でも」とさりげなく付け足した。

「以前の持ち主の幽霊のほうは、正直、精霊の手を煩わせるような案件でもないみたいなので、僕の手にはあまるというか」

ユウリの手にあまるなら、どんな霊能者にも鎮められない気がしたが、どうやらそういう話ではないらしい。

軽く目を眇《すが》めたアシュレイに、ユウリがさらに説明する。

「えっと、どうやら、その方、亡くなられたあと、相応の弔いをされなかったがために、自分が死んでいることにまだ気づいていないみたいで、それを知らしめるためにも、新しい持ち主に、死者のために葬儀をあげるよう伝えてください。——そうすれば、幽霊も消えるはずです」

珍しくそんな課題をアシュレイに残し、ユウリはシモンと連れだって問題の別荘をあとにした。

彼らの夏休みは、まだまだこれからだ。

あとがき

これを書いている今現在、すでに季節は秋も半ばの十一月に突入しているのですが、毎日、異様に暖かい。昨日などは外に出た際、思わず「初夏？」とつぶやいてしまうほどの暖かさでした。

どうした、地球。

これはやはり温暖化の問題が深刻化しているためかと考え、とりあえず点《つ》けっぱなしの電灯をこそっと一個消してみたりする私ですが、皆様はいかがお過ごしでしょうか？

こんにちは、篠原美季《しのはらみき》です。

今回、既刊本の刊行時にお配りしたSSの中から二作品を取りあげ、加筆修正してお届けすることになりましたが、当たり前ですけど、それがメインになるわけもなく、きちんと中編の書き下ろしをしています。タイトルは、「カタツムリの軌跡」で、総合タイトルにシモンの名前がついていることもあり、いちおう彼が主役の物語となっています。

とはいえ、ユウリはもちろんのこと、アシュレイもしっかり活躍していますし、ミッチェルも顔をのぞかせています。――あ、ナタリーも出てきますから、滅多にいないとは思いますが、ナタリーが好きな方は喜んでいただけるのではないでしょうか。(笑)

そんな中、特筆しておきたいのが、セント・ラファエロの現総長として登場した「じゃないほうの、グレイ」についてです。

「グレイ」と聞いて、シリーズに詳しい方は、すぐにユウリたちが下級第四学年だった頃に総長を務めていたエーリック・グレイと、その弟であるチャーリー・グレイを思い出してくださると思います。

そして、数年前、「セント・ラファエロ異聞」の構想を練り始めた際、現総長の座にすえたのが、この弟のチャーリー・グレイで、こちらのシリーズは、設定上、『古都妖異譚桃下の魍魎 ～ザ ホウンテッド ツリー～』の中に物語の起因が潜んでいます。

ところが、その後、現実世界が大混乱を起こし、結果、とてもややこしい事態が発生してしまったんです。

詳しく言いますと、『古都妖異譚』の第二巻は、第一巻の直後の物語になるはずでしたが、刊行の合間に新型コロナが世の常識を塗り替えてしまい、それにともなう物語世界での違和感を拭《ぬぐ》うために、一年間の沈黙期間を設けたんです。世にいう「ロックダウン」ですね。

その際、それぞれの物語のメインの設定にはとても気を配って統制をとったのに、うっかりチャーリー・グレイの存在を失念していて、一年ずらしたからには、チャーリー・グレイは卒業しているはずが、配信された電子オリジナル「セント・ラファエロ異聞」の中で、しっかり総長の座に就いたままというミスをおかしてしまいました。

まあ、よっぽど詳細を知る方でない限りわからないミスとはいえ、気づいてしまったからには放っておくわけにもいかず、苦肉の策として「じゃないほうの、グレイ」が誕生したというわけです。

結果、かえって面白い設定になり、端役にしておくには惜しい感じになりましたけど、最終的になにが言いたいかというと、シリーズも長くなると色々大変……、というお話でした。（笑）

そんなことも含め、ぜひ本編と一緒に電子オリジナル「セント・ラファエロ異聞」のほうも、楽しんでいただけたら幸いです。

ということで、最後になりましたが、今回も素晴らしいイラストを描いてくださったかわい千草《ちぐさ》先生、またこの本を手に取ってくださったすべての方に多大なる感謝を捧げます。

では、次回作でお会いできることを祈って——。

暖かすぎる秋の日曜に　　　　　篠原美季　拝

初出

「カタツムリの軌跡」……………………書き下ろし

「ユウリ・フォーダムの探しもの」………『トーテムポールの囁き』アニメイト用ＳＳ

「コリン・アシュレイの片づけもの」……『トーテムポールの囁き』発売時ＨＰ用ＳＳ

『シモン・ド・ベルジュの失われた時を求めて』、いかがでしたか？
篠原《しのはら》美季《みき》先生、イラストのかわい千草《ちぐさ》先生への、みなさまのお便りをお待ちしております。

篠原美季先生のファンレターのあて先
〒112-8001　東京都文京区音羽2-12-21　講談社　講談社文庫出版部「篠原美季先生」係

かわい千草先生のファンレターのあて先
〒112-8001　東京都文京区音羽2-12-21　講談社　講談社文庫出版部「かわい千草先生」係

N.D.C.913　255p　15cm

篠原美季（しのはら・みき）
４月９日生まれ、Ｂ型。横浜市在住。
茶道とパワーストーンに心を癒《い》やされつつ相変わらずジム通いも欠かさない。
日々是好日実践中。

講談社X文庫

KODANSHA

white heart

シモン・ド・ベルジュの失《うしな》われた時《とき》を求《もと》めて

篠原《しのはら》美《み》季《き》

●

2023年12月25日　第１刷発行

定価はカバーに表示してあります。

発行者――髙橋明男
発行所――株式会社 講談社
東京都文京区音羽2-12-21 〒112-8001
電話 編集 03-5395-3510
販売 03-5395-5817
業務 03-5395-3615
本文印刷－株式会社ＫＰＳプロダクツ
製本―――株式会社国宝社
カバー印刷－半七写真印刷工業株式会社
本文データ制作－講談社デジタル製作
デザイン－山口　馨

ISBN978-4-06-534065-3